做一个安静细微的人，

你会发现最美总在拐角处

从现在开始 / 去过自己喜欢的生活

最美好的爱情，
就是跟对方一起变得更好

即使改变不了世界 / 也不要被世界所改变

专注做一事，专心爱一人

张绛 / 著

江苏凤凰文艺出版社
JIANGSU PHOENIX LITERATURE AND ART PUBLISHING, LTD

图书在版编目（CIP）数据

专注做一事，专心爱一人 /张绛著. —南京：江苏凤凰文艺出版社，2017.1

ISBN 978-7-5399-9828-2

Ⅰ.①专… Ⅱ.①张… Ⅲ. ①散文集－中国－当代 Ⅳ.①I267

中国版本图书馆CIP数据核字（2016）第295575号

书　　名	**专注做一事，专心爱一人**
作　　者	张　绛
出版统筹	黄小初　侯　开
选题策划	杨　琴　易　超
责任编辑	姚　丽
装帧设计	千　千
责任监制	刘　巍　江伟明
出版发行	凤凰出版传媒股份有限公司 江苏凤凰文艺出版社
出版社地址	南京市中央路165号，邮编：210009
出版社网址	http://www.jswenyi.com
经　　销	凤凰出版传媒股份有限公司
印　　刷	北京市平谷县早立印刷厂
开　　本	880×1230毫米　1/32
字　　数	120千字
印　　张	8
版　　次	2017年1月第1版，2017年1月第1次印刷
标准书号	ISBN 978-7-5399-9828-2
定　　价	36.00元

影视版权抢订热线　13911704013

江苏文艺版图书凡印刷、装订错误可随时向承印厂调换

目录

C O N T E N T S

第一章　好运皆需笨功夫

第二章　成为光亮，停止寻找

C O N T E N T S

C O N T E N T S

第四章　努力成为更好的自己

第五章　永远相信好运会在下一秒

专注做一事，专心爱一人

第一章 好运皆需笨功夫

CHAPTER 01

努力是为了
更“幸运”地与你并肩

谁的生活是完美的？不完美的人，一样可以拥有完美的人生。
有生之年，只愿能在宇宙深处找到你，在时间尽头拥抱你，
栖息在你的眼底和心里。日月为证，星辰做伴，以爱为名，生生不息。

1

林牧觉得澄华这个女孩子清冽、特立独行、耐人寻味。

他第一天进校的时候，看到她一个人在操场上奔跑，那时候她左腿还打着一层石膏，她吃力地奔跑着，像跟什么东西较劲似的，周围是成群结队的女孩子嘈杂的欢笑声，而她的脸上却只有凝重。

林牧发觉她总是一个人：一个人去食堂，一个人买东西，一个人上自习，一个人出学校，一个人坐公交，一个人去图书馆。就连班级举行的元旦晚会，108宿舍的所有成员都参与了那个小品的演出，唯独看不到她的影子。坐在前排笑得合不拢

嘴的班主任，倏然发觉少了一个人，眉头紧皱地问道：“那个澄华，她又上哪儿去啦？集体活动也不参加。”

澄华其实对林牧的印象也很深刻，他是家族企业的接班人，传说中的富二代，高大帅气、皮肤白皙，有着阳光明朗的外表，但总是带着一副冷傲的表情，这让他更显得气场十足。以至班里许多女孩子都暗恋他。

澄华与其他女孩子不同，显得格外理智清醒，自顾自地做事，对他更是缺乏趋之若鹜的热情，这反而令林牧产生了强烈的好奇心，甚至隐隐的吸引。

澄华最大的愿望就是当一名新闻记者，所以她给自己定的目标就是考上某传媒大学的研究生。她每天早起跑步，不是因为爱好运动，更不是为了减肥，而是她知道，想要考好，首先必须有个好身体，同时还要有很强的毅力。为了赚取足够的学费，她除了白天把自己的学习与生活安排得很充实外，晚上还要兼职做辅导老师，要很晚才回宿舍。

早上，林牧刻意去操场跑步，默默观察澄华的一举一动。

晚上，澄华独自去做兼职。当她走在学校后门那条郁郁葱葱的小道上时，总能看见许多对儿恋人在拥吻，美好的青春与自己的忙碌格格不入。澄华旁若无人，投入的恋人们也无暇注意到她。她自然也注意不到暗处石凳上的林牧正远远地望着她，在看着她步履匆匆地走过，这已经不是林牧第一次坐在这里。

等澄华辅导完学生返回时，人已经很少了。正好那段时间流传说校园里有人盗窃，林牧更是一天不落地在澄华必经的小道旁等到很晚。有一次，在还未到达学校后门时，澄华隐约觉得背后有一个黑影一直尾随自己，再看看周围人烟稀少，没有什么光亮，她感到异常害怕，很想快速走到光亮的地方，可怎么都走不到。那个黑影渐渐逼近，她的心都快要跳出来了，设想了好多种坏的可能，她开始奔跑起来，边跑边喊……就在这时，远处的林牧闻声立刻从石凳上跳下来，以最快的速度往呼喊的地方跑去，待林牧赶到的时候，看到她正蹲在地上，长长的头发垂下来，看不见任何表情。

林牧不知所措，呆立了几秒后，鼓起勇气蹲下来一把将她揽入怀中，并喃喃道："对不起，我来晚了。别怕！"由于听到有人往这个方向跑来，那个黑影并未做什么，只是将她的书包抢走了。澄华只是受了些惊吓，还好人并无大碍，她抬起头用泪眼看了看眼前的林牧，觉得异常温暖、高大，并不像他平时表现出来的样子，陌生又熟悉的面孔，令狼狈的她放心地趴在他的怀里痛哭起来，除了刚才的惊吓，还有一直以来自己所承受的磨难和委屈。林牧虽然不好过问什么，但仿佛又明白了眼前这个女孩为何总是独来独往，也明白了她所承受的一切，原来她并不像看起来那样坚强。过了许久，澄华再次抬起头，在昏黄的灯光下，看上去有些疲倦和忧伤，林牧扶起她，眼神中尽显温柔，很自然地帮她将眼角残留的泪珠拭去。待她镇定下来，他轻声又坚定地对她说：“澄华，以后让我保护你好吗？”

澄华猜到这一幕，但亲耳听到还是有些震惊，这可是班里许多女生心目中的白马王子啊！虽然自己一直自卑地觉得高攀不起，甚至还隐隐地对他冷漠的气质有所不满，但此刻的他，却显得格外温暖、阳光，并不像平时那样高高在上。

“觉得我也不够安全吗？”林牧看澄华犹豫不决，半表白半打趣道。

“没……没……有。”澄华结结巴巴道，但又不知该如何回答。

“那就是觉得我安全喽，以后我都陪着你。”林牧笑道。

从那以后，林牧成了澄华的护花使者。

2

银杏树叶落的时候，澄华的生日也临近了。一天晚上，林牧带她去看本市奥体中心举办的国际服装发布会。林牧父亲的公司是主办单位，那晚来了很多贵宾。

林牧拉着澄华的手，穿过人群，走到父亲面前，欢喜地介绍："爸爸，这是我女朋友，澄华。"

林父快速打量了一下眼前这个被自己的儿子称作女朋友的姑娘，眼中闪过一丝冷淡，很快就被良好的教养遮掩过去。他向澄华微微点头后，转向儿子："儿子，什么时候交的女朋友，怎么都没听你提起过？"

林牧笑道："这不是告诉你了吗！"

"澄华姑娘，你好！以后牧牧拜托你来照顾了。他顽劣得很，喜欢挑战新鲜的东西，不过性子不长，喜新厌旧，你可得好好调教他。"林父话里有话。别人听不出来，澄华心里明白。

当晚学校也有场大型的联欢晚会，规定每个人都必须参加，班主任为此特意叮嘱澄华不要再缺席。

晚会开始后，澄华坐在台下仔细地听主持人跟嘉宾对话，突然发现其中一位嘉宾正是林牧，当主持人在问到嘉宾的爱情观时，其中一位嘉宾笑笑，说："执子之手，与子偕老，是我认为最浪漫的事情。"然后主持人问林牧："你呢？据说你可是学校的校草，追你的人应该很多。"

下面响起一片起哄般的欢呼声，所有女生都坐不住了，纷纷站起来，等待着她们的校草回答，一时间犹如明星在开演唱会。

澄华以为林牧会保持惯有的低调和神秘，不料她听见林牧很自豪地宣告说："实不相瞒，我女朋友就坐在下面。"说完，他的手指向澄华的方向。

一时间，所有目光都齐刷刷地看向了澄华，刚刚场下还涌起一阵阵兴奋的尖叫声，此时却变得鸦雀无声，许多女生悻悻然，场上气氛变得有些尴尬。

就在林牧想发挥余热重新调动现场气氛时，澄华大步走上台，望着下面目瞪口呆的观众，目光悠远地说："我不是他女朋友，他也不是我男朋友，他刚才只是开玩笑，我们只是普通朋友。"

那一刻，林牧的心仿佛被什么东西刺了一下，撕心裂肺地疼。在现场如此安静的情况下，她狠狠地砸出掷地有声的话语。

"哦——"群声哗然。

"真是不知足，她有什么好？"

"太自以为是了！"

澄华镇定地穿过一浪高过一浪的讨伐声走出会场。

从那以后，他们两个真的分道扬镳了。

3

林牧再没来找过澄华，澄华仍然坚持一个人去做兼职辅导，依然穿过那条茂密的林荫小道。由于校方报警，这里已经安全多了。

她回来的时候，已经很晚很晚了，室友们都睡熟了。次日一早她便起来跑步，然后进教室读书，跟室友依然没太多交集。

室友总是私下嘀咕澄华是施了什么法让校草林牧爱上她的，正好有一次澄华刚进教室，就听见一群女生在议论纷纷。

“她家里穷得很，听说连学费都交不起。”

“她的衣服就那几件，要多寒酸有多寒酸，真丢我们这个名牌学校的脸面。”

“也不知道林牧为什么会看上她，就因为她楚楚可怜吗？好像大家都欺负她似的。”

“听说林牧已经不爱她了，她现在还神气什么啊！”

澄华并没有太放在心上，依旧我行我素。她记得有一年暑假去姥姥家玩，做的最酷的一件事就是，几个大院里的小伙伴一起欺负她，把她的衣服扔到了墙头上，她拿起一个梯子放在墙边，迅速爬上去，等拿到自己的衣服时，再一转身，梯子被人踢倒了，她丝毫不慌张，当即坐在墙头上，仰望天空看云朵，不一会儿，她又故意大声地唱儿歌，后来，那些小伙伴被家长一一叫过去训斥了一顿。

而现在这些“磨难”对她一样不值一提。很快这样的日子结束了，澄华拿到了梦想的研究生通知书。闪闪发光的“XX传媒大学”的字样，顿时让她双眼湿润起来。

澄华永远也忘不了，小时候她家里也曾是富丽堂皇，有两层小别墅，每天有保姆给她做新鲜美味的饭菜。她跟所有同龄的孩子一样，每天生活在父母温暖如春的怀抱中，非常快乐。但是十八岁高中毕业那年，父亲的生意失败了，赔光了所有的钱，父母也离异了，后来母亲不知去向，她一下子从一个骄傲的公主，变成了人人嫌弃的野丫头。

十八岁那年，喜欢她的那个男孩，当众对她说：“澄华，我们分手吧。”

那天的场景如同林牧当众承认她是他的女朋友一样。

只不过，往事浮现在眼前，一幕幕如针般刺痛她的内心，她忽然感到一切都那么不现实，如同生活在梦境里，她对自己无法把握的，总是不会轻易靠近，所以那天她主动离开了他。

4

可是林牧并没有放下她，他跑去她生活过的地方调查了她。他还知道，在她母亲离开她的时候，她一度患上了抑郁症，用了两年的时间，她才从忧伤中走出来。而从那以后，她的成绩开始直线往上升，从班级第十名，到第五名、第三名，直到后来每回稳定的第一名。不仅如此，她还用业余时间学了吉他，弹得非常好。她读大学的学费，就是在酒吧弹吉他赚来的。

有一天澄华与林牧走了个迎面，林牧看起来颓废了许多。

“那天——”澄华先开口，“是我不好。”

虽说自从那天她公开否认她是他女朋友以后，在夜晚去做兼职的路上再不曾遇到他，但是她心里明白，其实后面一直都有一辆车悄悄地尾随她，直到她踏进宿舍楼大门，才一溜烟儿地开走。

澄华一直没告诉过他，其实那天参加服装发布会时，林父眼神里对自己的不满与不屑已经深深地灼伤了她，后来林父试图通过金钱的方式阻止她和林牧交往，怕影响了林牧的前途，但是，她果断地拒绝了。她可以暂时离开林牧，但她跟他之间的缘分，任谁都无法妄加左右，哪怕是他父亲。

她这么努力，就是为了让自己更具备底气，能够不由别人主宰自己的人生。那个闪闪发光的录取通知书，也许在别人眼中不值一提，但对于她，不仅承载着她的前途，还有她的爱情，以及对沉痛过往的一一“控诉”。

再见林牧，她心隐痛，既不忍又不舍，鼻子一阵酸楚。林牧垂眸看她，满眼心疼，其实她不必开口，他都懂。此刻就像那天她被抢劫一样，他除了抱住她，在她身边寸步不离，再也想不到更好的爱她的方式。

情深不诉，岁月骎骎。

5

后来，研究生毕业的澄华如愿当了一名新闻记者，不仅如此，她还拜了当地最有名的记者为师，报道了许多著名的事件。那几年台里每次评选最受观众喜欢的记者，她的票数总是第一，近几年更是一跃成为台柱子。

林牧也不错，将家族企业打理得井井有条，那些希望看到他经营不善的竞争对手，一个个都不敢再用“拼爹”这样的词语揶揄他。这也是他从澄华身上学到的，想要让别人佩服你，不仅要努力，还要学会吞咽委屈。

林父看到儿子如此翻天覆地的变化，对澄华的看法也渐渐有了很大的改观，加之现在的澄华亦年轻有为，在媒体界有一席之地，也能为家族企业带来良好声誉，也就不再干涉两人交往。

林牧和澄华的爱情，也如他们各自的事业一般，节节开花，从踏入婚姻殿堂到有一个活泼、聪明、帅气的儿子，一切都比之前顺利，并得到诸方祝福。

6

谁的生活一开始就是完美的呢？不完美的人，一样可以拥有完美的人生。只要你够努力，够隐忍，一切都可以由你做主，那些你曾经觉得不可能的事情也会变得简单顺利，曾经伤害你的人也许已经淹没在时间的浪潮里，但你终究会迎来自己想要的明天。

有生之年，只愿能在宇宙深处找到你，在时间尽头拥抱你，栖息在你的眼底和心里。日月为证，星辰做伴，以爱为名，生生不息。

捷径是迟早
要重走一遍的弯路

现在夏沫知道了，“千里之行，始于足下”，任何一个目标，
都没有捷径，都必须在自己的脚踏实地与热情付出中等待并最终获得。
工作如此，爱情亦是。

在新书的发布会上，夏沫被一群记者的闪光灯闪得有些头晕目眩，大家争先恐后地向她提问：“夏沫，你年纪轻轻，就取得了如此骄人的成绩，能不能跟我们谈一谈，如何才能令更多的年轻人以你为榜样，过上自己想要的生活？”

夏沫想了想，很认真地回答：“以自己喜欢的方式，慢慢来。”

1

夏沫不仅是人民大学金融专业毕业的硕士生，还是学生会主席，兼广播站的播音员，除了长得清秀脱俗，很有气质外，

文采也不错，经常在学校的校报上发表文章。这么优秀的姑娘，在校友及同学眼里，堪称完美。

夏沫大学刚毕业就去了一家全国闻名的互联网企业应聘，她应聘的职位是人力资源管理。不论是管理、策划，还是与人沟通，抑或对市场的敏锐度，在熟悉她的人看来，她都可以胜任。但是，社会跟校园不同，夏沫虽然顺利通过笔试、面试，但最终她还是失败了。

那次竞聘，用人单位只招收两个人。最后被录取的一个是北大的博士生，另一个是北京外国语学院的硕士生。这两个人不仅能说一口流利的英语，还能用韩语和日语跟老外侃侃而谈。

夏沫第一次清醒地意识到这世界之大，山外有山，人外有人。这当头一棒打得她有些灰心丧气。

那天从招聘会回来，她一直喜欢的男孩发短信问她："结果怎样？"

夏沫心情糟糕，发过去一个沮丧的笑脸，并对他说："心有不甘，又心服口服。"

男孩叫石城，长得像韩剧里的池城，有着一张温和而帅气的脸，脾气也很好。

石城问她："何解？"

夏沫要强，不愿意把自己的失败讲得太清楚，只说竞争太激烈。其实，她心里很清楚，石城是那种万里挑一的优秀男孩，她爱他，她就必须努力追赶上他的步伐。她心里有轻微的自卑，悄悄地隐藏，不敢在他面前暴露出来。

她怕，怕一个不小心，这个优秀的男孩子会离她远去。

石城好像很理解那种首战失利的心情，安慰了她几句，淡然地对她说："没关系，我知道还有一家公司在招人，周六上午九点，盛佳大厦七楼。你到时去试试吧。"

2

这是一家知名的外资企业。总经理是位中国通，是石城考雅思在学习班认识的人。这个企业已经有十五年的发展历史，如果能在这样一家公司工作，可以说前途无量。

石城很希望这位可爱的小师妹能够在这家单位上班。他记得大四各班举办毕业聚会，她喝得脸色红通通地跑到他们班来找他，开口便问："你毕业后去哪里？"

石城跟她很熟悉，大家都是学生会里的干部。但是她甩掉全班同学，单独跑到他们班来找他，问他这样的问题，还是让他心里咯噔了一下，有种无言的情愫，在他心里越发清晰明了。

记忆中，那晚她喝得大醉，是他把她背回去的。一路上，她都在迷迷糊糊中重复着同一句话："石城，我一定要跟你一起工作。我要每天看到你。"石城对她的心意自然已经明了，但夏沫并不知晓。

从回忆里回到现实中的石城对夏沫说："不如我帮你辅导一下吧？"

他没敢告诉她，不久之后，他将会去澳大利亚留学深造。

夏沫听了很高兴，很想蹦起来，却又不得不掩盖起内心的喜悦与兴奋，连忙点头。

他连续辅导了她五天。最后，石城也觉得夏沫这次百分百能够顺利通过，但结果是，夏沫依然失败了！

不是她有多差，一路笔试、面试，她几乎所向披靡，但，公司内部在她与那位和她旗鼓相当的男性竞争对手间，还是觉得男生比女孩更抗压。

石城觉得很抱歉，事已至此，五天的辛苦付出，付诸东流，他再勉强帮她也无济于事。

晚上他约她一起吃饭，为了排遣她的失落，他给她讲自己的故事。

他考大学时，第一次没考上，差一分。第二次依旧没考上，也是差一分。第三次考上了，进入学校后，自己在校外办辅导班，抢学校的生意，被老师知道了，对他通报批评，并让他写公开道歉信，以儆效尤。虽然不是很大的处分，却让他备感失落。后来他道了歉、认了错，停了自己的辅导班，从此一门心思决定考研，而且立誓要考个好学校。

当时他想，自己有什么错呢？不过就是想创业，去市场摸摸水，试一试自己到底有多大的潜力。

但是有些事情是没道理可讲的，你必须得遵守。

夏沫听完他的故事很受启发，她对他说，自己今后一定会更加努力，为了更多的选择权。

昏黄的灯光下，她望着他，眼波里流转的是希望被他信赖、支持、肯定的需求。石城与她击掌打气鼓励她：“我相信你一定行的！”

3

但是，夏沫依然不行。

前后30次，她都求职失败。她递出去的简历，如石沉大海，杳无音信。她认真参加了各种笔试面试，到了最后，均不知道是什么原因，被公司拒绝了。

夏沫痛苦极了。她不知道该拿出怎样的理由和勇气，去继续奋战，信念忽地像一个断了线的风筝一样，她再也无法牢牢地抓住。她怀疑在大学校园里，自己从未真正优秀过。

而此时的石城已经做好出国的准备。

他找到她，两人在一条小河边的长椅上坐下来，他递给她一本日记本，也没说太多话，只对她说："等你回去后再看。"

夏沫回去后迫不及待地打开了日记本，一篇篇认真地翻下来，她整个人像遭受了晴天霹雳。原来在她心里几乎算得上完美无缺、无所不能的石城，竟然也遭遇过那么多的失败，就像我们每天吃饭喝水一样寻常，这些着实让夏沫感到太不可思议了。

石城会在每次的日记后面备注相同的一句话，以此勉励自己："兄弟，别急，慢慢来，人生没有捷径。当你慢起来，你会拥有更多的耐心，你会得到更多的清净，你会发现慢下来，比匆忙的选择和努力更重要。而你想走的捷径，都会在未来以更麻烦更绕的弯路让你重新走一遍。"

夏沫发现，有几篇日记里，他提到了自己。虽然是学生会主持或布置场景之类的平常事，他却写得非常详尽，字里行间可以感觉到他对自己那份特殊的友好与关切。夏沫仔仔细细地看了两遍，越看越心花怒放。

石城的日记里没写到出国，他也没主动对她提及这件事。夏沫并不知道这本日记对她意味着什么。

后来，石城在没有打招呼的情况下就出国了，夏沫再也没有见到他，她一度觉得石城不够坦荡，不够勇敢，但又很快在心里理解了他。每当她快要泄气时，她都会想起石城在日记本里自我鼓励的话语，仿佛也是对自己说的一样。

虽然这礼物对她而言万分珍重，但是跟人比起来，还是不及真实的相伴。他的那句“慢慢来，人生没有捷径”像带有能量，给她的学习、工作、情感都带来了很大影响。

4

后来，夏沫不再登高望远，她把姿态和目光都降到最低。然后，她很顺利地进入了一家县级资源公司。每月的薪水不高，只够她衣食住行，但是她坚持了下来。

一干就是五年。

五年间，她从一个普通职员，干到主任助理，再到主任、经理助理，副总经理。那时候，她才二十六岁。正是许多年轻人还在怀揣梦想奋斗的年纪。

在别人都羡慕她升得如此之快时，夜晚她对着石城的日记本，自言自语地说：“其实，又有谁知道，我接手这家公司的时候，它就是一个烂摊子。企业连年亏损，员工士气低落，有时候连工资也要等两三个月一起发。可是，石城，我要慢慢地等，慢慢地——”

夏沫给自己制订了阶段目标，具体到每周、每月要达到什么样的成绩和效果。她把每天的一点小进步，都牢牢地记在了心里，总结经验，督促自己。她当了领导之后，就经常开展“每天进步一点点”的活动，每月奖励一次进步最大的员工。她舍得犒赏那种稳扎稳打、不断摸索着前进的员工，所以，在她的奖励和督促下，全公司人的积极性几乎都得到了明显的提高，再也没人抱怨工作任务重，每个人都兢兢业业、力争上游。

最后，原本无人问津、几乎快要倒闭的公司，在她的努力下，转亏为盈，实现了几级跳。公司上上下下都非常佩服她。

于是有人问她一路的心得体会。

夏沫许久未曾拾起的笔，就在这时，开启了源源不断的泉水叮咚模式。她在博客上写自己的成长记录，谈心得、谈体会、谈人生的至高境界是什么，也谈那曾经还未来得及开花就已然凋零的爱情。

5

当上总经理那天，夏沫辞职了。

那时候，她已经在网上非常有名了。她被一家网站的CEO看中，聘为网站高级人力资源主管，年薪二十五万。

但这不是她辞职的主要原因。那时候，不告而别的石城从澳大利亚回来了。

夏沫一直没有忘记他。在很长的时间里，她想忘了那个曾经不告而别的人，但是她把所有的相思全部发在了博客上。

她倾尽所有地引来了大批读者，博客点击率每天达几千次。她成了这里的品牌代言人。

后来，便有源源不断的故事从她的笔尖缓缓地倾泻而出。很快，许多其他知名的网站和各大知名报刊开始采访她，请她去做节目，畅谈她的人生体会。

她用泪水与汗水讲述了一个年轻人追逐梦想和爱情的故事，她感动了成千上万人。她的作品也先后在几家不同的出版社顺利出版，并很快销售一空。她成了很有名气的美女作家。

这些读者里面就有石城。

他很高兴，原来的小姑娘，如今已成为女强人。

有个读者在书会现场问夏沫："听说你现在还单身？请问这么多年，就没遇到过令自己怦然心动的男人吗？"

夏沫静了一下，大学时光里，曾有个爱穿白衬衫的男生常常跟她一起，为了学校的各项事宜，加班到深夜。他们彼此或近或远、或有或无的爱情，他们分别在日记本里记下对方，他们肩并肩一起去吃重庆面。还有，他们分别时，坐在一长椅上，对面阳光照射下，是闪闪发光的小河流——一幕幕画面如同泡影，又如影随形。

夏沫浅浅一笑，淡淡地回答："其实我一直都在恋爱中啊！我找到了自己的兴趣点，做着适合自己的工作，怀念着曾经温馨无比的时光，我一直在跟自己爱的事情，谈一场又一场精彩而不疲乏的恋爱啊。”

6

记者招待会散场了，人群中有个高大的身影伫立在那里，穿着白衬衫，手里拿着浅黄色的牛皮日记本，样子高大而帅气，俊逸又儒雅。他微笑着朝这边远远地望过来。

夏沫没料到，如同过去她没料到他会不告而别一样。

她冲出人群来到他面前。五年多了，他没变，还是那么帅。

“这本日记本送给你。”还没来得及寒暄，他便迫不及待地将手中的牛皮日记本递给她。夏沫翻开来看，贴的满满的都是他们曾经在一起的照片：一起吃饭的，一起散步的，一起学习的，一起主持晚会的，一起坐在校园的香樟树下看书的，应有尽有。

夏沫一直没发现，他送给她的那本日记本上，在最后一页的小角落里，用隐藏了颜色的白色圆珠笔写了一句话：“我还未弄懂我对她的爱，于是决定暂时先离开。慢慢来，相爱的人难免要分开一段时间，好经历岁月的考验。”

现在夏沫知道了“千里之行，始于足下”，任何一个目标，都没有捷径，都必须在自己的脚踏实地与热情付出中等待并最终获得。工作如此，爱情亦是。

最美好的爱情，就是跟对方一起变得更好

你投以绘画，我报以跳舞。
自然，最好的爱情就是这样。

1

“顾锡明，在你心里最美好的爱情是什么样子？”

“没有苦情戏，没有妄自菲薄，没有自命天高，没有弯腰，也没有踮起脚张望，平等地相爱，一起变得更加美好。”

蒋柳柳永远记得顾锡明对她说过的这句话，哪怕已为人妻、相夫教子，再回忆起这句话来，也是备感温馨。

苏缨在《诗的时光书》中写道：“有时仅是一首诗，我们就找到了对世界的初恋。”

蒋柳柳就是因为一首诗，而义无反顾地爱上了顾锡明。

当年，他们两个都在L市艺术学院上学，一个学舞蹈，一

个搞宣传。两个人经常跟团到各地参加公益演出。蒋柳柳是少数民族的姑娘，非常漂亮，从小就擅长唱歌和舞蹈，尤其是舞蹈，她跳起来犹如孔雀开屏，美丽迷人，所以是团里的台柱子。

顾锡明多才多艺，绘画、书法、朗诵、演讲、主持、策划、撰稿，样样拿得出手。

蒋柳柳与顾锡明两人彼此久仰对方的大名。但是，真正交流却还是在一年后的一次一起去K县的山路上。

那天下了大雨，路很滑，车子行驶在山坡上，倾斜颠簸。一起去县里做义演的人里，有一个比较胆小的女孩子，头一次出远门，也是头一次遇到这样糟糕的天气，心生畏惧，吓得差点哭出声来。

蒋柳柳跟顾锡明同时上前安慰。两人一唱一和，跟唱双簧似的。说着说着，那女同学不仅不害怕了，反而忍不住扑哧一声，破涕为笑。

后来车子停靠在一处村庄，全车人借住在几户农家，准备次日天放晴了再出发。

就在当晚，顾锡明撑着一把雨伞，湿了鞋子，亦步亦趋地来到蒋柳柳的窗下。她推开窗户，看到外面站着一个人，雨水打湿了他的脸，还冲着她傻愣愣地笑。

“这么晚了，找我什么事？”蒋柳柳刚开口，顾锡明就塞给她一张字条，他笑着说：“我走了你再看。”

望着顾锡明渐行渐远的背影消失在茫茫的夜色中，蒋柳柳才打开看，上面写着：“渴望遇见你，是我幸福的开始。”

蒋柳柳拿着这张纸，忍不住笑了。

2

早晨吃饭的时候，顾锡明趁人不注意，把碗里的鸡蛋拨到蒋柳柳碗里，然后窃窃地问她：“看了吗？”

蒋柳柳心领神会，问道：“顾锡明，在你心里最美好的爱情是什么样子？”

顾锡明很认真地想了想，然后严肃地告诉她：“没有苦情戏，没有妄自菲薄，没有自命天高，没有弯腰，也没有踮起脚张望，平等地相爱，一起变得更加美好。”

蒋柳柳很满意，这也是她所追逐的爱情的样子，互不打扰，一起努力，势均力敌，并驾齐驱。他们就这样宣告恋爱了。

后来蒋柳柳嫁给了顾锡明。早晨，她外出买豆浆和油条，他在家里煮八宝粥和鸡蛋。他们吃着馒头，就着咸菜，充满了家的味道。他们很满足。

一年之后，他们的小宝贝出生了，是个很漂亮的儿子。一家老少其乐融融。

蒋柳柳便做起了家庭主妇。

3

就在蒋柳柳做起全职主妇的时候，顾锡明的事业开始不断攀升。在一次义演中，由于他出众的口才和舞台表演的张力，灵活的反应能力及沉稳大气的风格，让很多人对他记忆深刻。之后，有个省电视台的编导找到他，告诉他，省里某个频道正准备招一个条件不错的主持人，主要是大型晚会的主持。他大气沉稳的风格完全适合。

顾锡明瞒着蒋柳柳备考。他每天只要有时间，就加紧学习，积极做各种备战。功夫不负有心人，半年后，他考上了省电视台，如愿当了那个节目的主持人。

他的主持风格多变，幽默又灵活，很受观众的喜爱，他的名字很快在全省，甚至全国都风靡起来。

由于他出色的表现，加上肯吃苦耐劳的作风，他被打造成了台里的主持一哥。他一边继续在舞台上熠熠生辉，一边尽情挥洒着他的无穷魅力。

由于工作实在太忙，夫妻开始了分居生活。顾锡明很少回家，蒋柳柳只能在电视上见到老公一面。

有一天，她给顾锡明打电话，接电话的是个女孩，声音很清脆，听她报完自己的身份后，就叫了她一声“嫂子”，然后吞吞吐吐地对她说：“顾哥现在还没吃饭，我给他送盒饭来了。”

蒋柳柳感到有什么东西倏地一下把自己的心给划疼了，这种滋味说不清，道不明。次日中午，她照顾完孩子，就提着饭盒，匆匆地来到了顾锡明的单位。

此时的顾锡明正在吃盒饭，见了她，猛然一惊，嘴里的米饭吐了一地。他张大嘴巴问她：“你怎么没换衣服就过来了？”

蒋柳柳从老公的眼神里看到了一丝失望的神情，她这才想起，自从做起全职家庭主妇后，她就养成了穿睡衣的习惯。在家里穿，出门买菜穿，跟邻居聊天穿，带孩子到小区散步也穿。她已经彻彻底底忘记了自己曾经也是一个貌美如花的台柱子。

顾锡明的同事跑过来，一个个很亲切地跟她打招呼。她放眼望过去，全是朝气蓬勃、漂亮年轻、打扮时尚的女孩子。她这才明白，为什么昨天她的心，会有异样的感觉了。

回到家，蒋柳柳思考了一个下午，她要改变！晚上，她对顾锡明很严肃地说：“我要办个舞蹈学校。”

顾锡明怕她辛苦，就反复劝她不要办，还是在家照顾孩子最重要。在他的心里，自己通过努力，让妻子和儿子过上幸福的生活，那是他作为一个男人的责任。

再美好的女人，一旦丧失了梦想，就如同未得到水晶鞋的灰姑娘一样，没条件轻易引起王子的注意。

她决定不顾众人反对，再怎么辛苦，也要咬紧牙关把舞蹈学校办起来。不仅要办起来，还要办得热火朝天。

4

但是理想很饱满，现实很骨感。在这座城市，办舞蹈学校的名人大腕简直太多了。蒋柳柳的舞蹈学校开张了，可是根本招不到几个学生。

而蒋柳柳每次带着舞蹈学院的孩子来台里找顾锡明，许多人都会以为她在借他的光。

蒋柳柳很不服气，更不甘心，她暗暗较劲，一定要把这种局势扭转过来。

她为了能招到更多的学生，亲自跑腿，在烈日炎炎下发传单，完全没有当红主持人妻子的样子。

后来有人知道了她是顾锡明的妻子，就把这事报道了出来。一时间，顾锡明的太太在烈日炎炎的大街上暴晒发宣传单这件事被人传得沸沸扬扬。

这让顾锡明很丢面子。他问她为什么不能在家安安稳稳地享着她的清福，为什么不能腾出时间来好好地照顾孩子。

蒋柳柳觉得自己很委屈，两个人狠狠地吵了一架。他说：“你非坚持办学校是吧？那好！一、我绝不参与！你不要来找我帮你办一点事！二、你也别从家里拿一分钱，你自己想办法！”

她想都没想立即回答：“好！”

好比一锤定音，就这样，她的愿望在激烈的争吵中死灰复燃了。

蒋柳柳请了保姆帮忙照看孩子，自己开始早出晚归，日夜操劳自己的舞蹈学校。生源也越来越多。终于有一天，她编排的舞蹈在一个地方台表演时，受到了极大的欢迎，她的名气如日中天，势不可当。

接下来，不少电视台纷纷邀请她去表演，并兼职做编舞总导演。她的名气越来越大，她的收入也越来越多。

蒋柳柳很庆幸，她没靠着他的名气火起来，从开始办这个舞蹈学校，到现在很多邀请，她没对任何人提过自己丈夫的名字，也真的没从家里拿过一分钱。

顾锡明望着事业日渐回春的妻子，不知不觉眼神复杂了。

5

当了老板后的蒋柳柳，无论走到哪里，都是一副女强人的派头。相反，这时的顾锡明事业迎来了瓶颈期，他的名气开始逐年下滑，所谓长江后浪推前浪，在竞争激烈的电视台，谁也不会去怜悯一个逐渐退出流行圈的主持人。他的节目也由黄金时间段，被一推再推，最后到了午夜时分，根本没几个人看，收视率不断下滑。

顾锡明绝望和落寞的时候，那个常常向他请教问题的女孩子，忽然消失得无影无踪。他喝了酒躺在沙发上猛抽烟，一边抽，一边絮絮叨叨。

他有些不甘心，有些不服气。他一大老爷们，怎么连自己的太太这样一个弱女子都不如？

想想以前的她，除了会跳舞，就只会做饭，其他的什么都不会，曾经会的也忘得差不多了。而现在她简直成了全面小能手，干啥啥行。家里的电灯坏了，她自己就能换；马桶坏了，她自己就给修了；舞蹈学校也办得如火如荼，她简直如同逆天的女汉子。

顾锡明对女汉子越来越畏惧，也越来越疏离，打心里疏离。

6

蒋柳柳意识到自己的成功，或多或少打击到了老公。她知道顾锡明一直都是那种自尊心很强的人。等他心情稍微好点，她约他出去看了一场电影。

夫妻俩结婚几年，各自忙着各自的事情，已经许久没有这种浪漫的举动了。那晚他们看的电影是《莫扎特》。

莫扎特满腹才华，但他的人生却饱受摧残，挫折不断。他受到的打击，比顾锡明多多了。而无论是在他得意还是潦倒时，他的爱人史坦丝都一直在他身边默默地陪伴着他。

蒋柳柳希望这个电影能让他明白，有才华的人，到哪里都会发光的，不论这才华用在何处，只要努力，他终究不会被埋没。而她，也会一直爱着他。

蒋柳柳提醒他："你不是一直都喜欢绘画吗？"她太明白他心里一直都有一个绘画的梦，只是不知何时给忘却了，她觉得他现在需要重新捡起来了。

蒋柳柳很坚定，只有兴趣才是最大的财富，才能永恒而持久。其他的东西，总会有绚烂繁华之后的落寞，因为那是被迫的选择，是盛名之下的累赘，也是一种无形的压力。

顾锡明听完太太的一番良苦用心的话，感激不已，自责不已。

那晚的月色很好，他们紧紧地抱在一起。月色好美，皎洁得如同水银。

次日，顾锡明跟打了鸡血似的，他要去拜访仰慕已久的老画家K先生。他衣着整齐地拜师，对方却让他先回去把张大千的所有国画名卷全部临摹一遍，然后还要背诵至少一百首唐诗宋词。

顾锡明从此日夜颠倒，忙得不亦乐乎。

在忙碌的过程中，他的画作渐渐完成，唐诗宋词也已经全部背完。等他再次去拜访K先生时，K先生非常满意，正式收了他为徒弟。

就这样不管刮风下雨，还是烈日炎炎，顾锡明白天上完班，晚上总是要去老师家练习，周末的时刻，更是频繁出入。

他的刻苦终究换来回报。两年后，顾锡明在中央美术学院及中国美术馆开了画展，画作受到一致好评，有不少人出高价求购。他一时声名大噪。

夫妻二人拥抱在一起，开心地笑了。

7

你投以绘画，我报以跳舞。自然，最好的爱情就是这样。夫妻二人，又恢复到忙碌而恩爱的日子。风雨路上，也曾迷惘，也曾失落，也曾因为各自的忙碌，让平凡琐碎的生活，搅得一腔清梦渐渐混浊……然而在不断变化着的过程中，他们都以各自的努力维持着最基本的一种张力与平衡，那就是一起努力，一起变好。如此，心安，长久。

你想要的生活，需文火慢炖

那天刚下过一场大雨，雨后的天空出现了一道动人的彩虹，
如同张欣欣自信又美好的面容。
美好的人生，只有在勇敢之后，才能绚烂地绽放。

1

张欣欣的长相对不住自己这朝气蓬勃的名字。她皮肤黑，个子矮，只有一米五二，身材粗壮，一双小粗腿，看上去跟每天练习田径似的，实际上她体质较弱，根本不擅长运动。五官也不怎么好看，两颗大门牙张牙舞爪地从嘴里翘出来，一看到她，就让人想起周星驰电影里挖鼻孔的如花。

张欣欣朋友也不多，并不是她不主动，而是愿意跟她交往的人不多。她只有在别人屁股后面扮演拎包的小丫鬟角色，她当别人是朋友，别人只把她当一个跑腿使唤的。

张欣欣也认命。对镜自照，她这长相跟如花似玉的漂亮姑娘们挤在一起，也的的确确拉低了别人的档次。何况，她家里又穷，连件好看的衣服都买不起。

快要毕业了，各路校友都万分积极地投入人才市场的洪流中找工作，她穿得太寒酸，又买不起好看的鞋子和衣服，只能偷偷落泪。

除了替人拎包，她还替人打饭，收拾床铺、衣物，以及帮忙洗衣服、刷鞋子。她跟踪服务的对象是宿舍里家里最有钱的王咪咪。

只有王咪咪不介意任何人的目光跟她交朋友。倒不是王咪咪多么喜欢她，而是大小姐王咪咪需要这样一个勤快的帮手。有了这样的“朋友”，她除了无须自己劳神干活，还能抽出更多的时间去谈恋爱、看电影。

最主要的是张欣欣乐意被她使唤，又不求任何回报。

现在，张欣欣为她打饭做事，有点心不在焉，垂头丧气的样子让王咪咪逮个正着。王咪咪便问她怎么了，张欣欣只好把自己想去竞聘的事说了。王咪咪很爽快地借给她一套好看的衣服，并帮她精心打扮了一番。

张欣欣如果能顺利通过面试，进入这家顶好的文化公司，那一定是太阳从西边出来了。没有人相信张欣欣能面试成功，尽管笔试她拿了第一。

果然，面试成绩出来，张欣欣倒数第一。

不要责怪这个社会多么肤浅，有颜没错，有颜就有资本，这谁也怪不了，也阻止不了。同样一部电影，如果男主角一个是吴彦祖，另一个是曾志伟，相信所有人都会去看吴彦祖。

《太阳的后裔》怎么就能那么吸引观众？除了情节之外，男女主角的颜值爆表，也是其中一个最重要的加分项。

2

面试失败的张欣欣，灰头土脸地陪着王咪咪。她们两个都是耷拉着脑袋，霜打的茄子模样。

张欣欣这样，谁都能理解，面试是摆在她眼前的大问题，她彷徨于未来。她心里不服气，可是没办法。她拿一句话当自己的座右铭："成熟的人懂得卑微地活着。"

她活得很卑微，时而很气馁。

但王咪咪也有气馁的时候。

王咪咪失恋了。她爱慕的那个篮球打得一级棒的男孩今天跟她说分手。

王咪咪死要面子，一口答应。答应分手后，她抱着张欣欣痛哭流涕。

王咪咪问她："张欣欣，你说我究竟有哪里不好？我还有什么地方需要改的？为什么我为他改变那么多，到最后他还是爱上了别人？”

张欣欣安慰她：“他失去你是他的损失啊！你看，你这么漂亮，家境好，人又很善良。”

“那他为什么不喜欢我了呢？”王咪咪脑子转不过来，相当受刺激。

哪有那么多理由？萝卜青菜各有所爱。今天他喜欢萝莉的可爱，明天他喜欢御姐的威武，后天也许他喜欢黛玉的多愁善感。这个世界跟人开的最大的玩笑就是变。世事每天都在变，最大的不变就是变。

3

毕业十年后，班级同学第一次聚会。变化最大的竟然是张欣欣。

她个子依然不高，五官还是那样，但谈吐变了，变得更加优雅、铿锵有力，眉色之间透着满满的自信；穿着也变了，一身黑白配ST.John晚礼服，跟当红明星同款，透着无法形容的贵气，富态逼人。走路腰杆笔直，再也不是从前点头哈腰的模样。

“欣欣，哇！你变得好漂亮哦！”许多女同学吃惊地围过来，纷纷打量她。她手里还提着一个跟袁咏仪同款的LV包。

这样的张欣欣无论走到哪里，都是受人爱戴与追捧的。

外貌重要吗？不！再也不重要！

只是没人知道她成功的背后付出了多少艰辛，度过了多少难熬的岁月。

毕业的时候，张欣欣二十四岁，到人才市场去，碰了无数次壁，她小小的心脏经受不了那么多打击，一度消沉、堕落过。

后来，一个偶然的机会，有人问她想不想一起去美国，那里正在招华人服务员，据说一天可以赚很多钱。

她问都没问，想都不想就一口答应了。

朋友问她："你不担心那个人是骗子，想骗你的钱？"

她说："想那么多干吗？反正也是饱受摧残，如果漫长的挑灯夜读的努力，也不能给我的生活带来半丝半缕温存，那不如勇敢一次，给自己一个勇敢的机会，做一次别人不敢尝试的事情。未来是什么样，不迈出去这一步，谁知道呢？"

她没当面通知家人，她知道，一旦回家说这事，十有八九会受到阻拦。发了短信过去，她的人已经踏上了飞往美国的飞机。

决绝地走下一步，什么都不考虑，把自己逼到万劫不复的境地，不给自己留半条退路。有时候，越是身处卑微的人，越要让自己活得更潇洒一点点，这个世界竞争太激烈，思考越多，脚步越凌乱。

张欣欣就这样莫名其妙地来到了美国。

4

她接的是给人带孩子兼做饭及教小孩中文的活。那家主人是地地道道的美国人，满嘴英语，她成绩虽好，但真正跟老外流畅地交流，却还是有一点难度。

好在她有基础。工作之余，她逼迫自己拼命背单词，没事就主动跟老外对话，有意识地用这种办法提升自己的英文口语能力。一切忙碌完，她继续学习到深更半夜。往往是天亮了，她屋里的灯，也还在亮着。

就这样坚持了一年，她的口语变得非常流畅，终于可以完全自由地跟老外对话了。

这个美国人很热情，见她如此好学、勤快，又得知她有很好的学历及基础，就推荐她去一所中学教书。她的生活于是有了着落。中英文她都教，喜欢她的家长和学生很多，渐渐地，她身边的朋友越来越多，一个很不错的男人对她产生了兴趣并开始猛烈追求她。

她在异国他乡尝到了爱情的甜蜜滋味。二十六岁的年纪，初恋，还是跟一个老外，听起来既滑稽，又浪漫。

他们高谈阔论，谈美食，谈旅游，谈电影。处了几年，即将步入婚姻的殿堂，有一次，两人因为一件小事发生了争吵，老外忽然冲着她吼："Out！Bitch！(滚出去！婊子！)"

她整个人愣在那里足足几分钟。原来，她在他心里不过是免费又肮脏的东西！她抬手给了他一个响亮的巴掌，之后，她果断地辞职了。

这个老外男友，是那个学校的校干之一，她不愿意再见到他。

失业的她重操旧业，一个人打了好几份工。她在唐人街发现美甲这个小生意很受年轻人欢迎，她就每天磨着老板学习，坚持了一年多，她的美甲技术首屈一指。没过多久，几乎附近所有的年轻学生都来找她做美甲。

她的生意越来越好，不仅房租解决了，连其他的兼职都可以甩手不干了。

挣了点钱，她就回国了。

5

在流行美甲的第一波市场里，她把美金换成人民币，在国内租了个小店，凭借足够好的技术，没两年，赚得盆满钵满。她的生活彻底改变了。

之后，她又开了几家小分店，带了几个徒弟，生意越来越好。她再也不用为吃穿住行发愁了。

朋友问她为何那么决绝地分手，男女朋友偶尔争吵说几句严重的话，其实也是很正常的。

张欣欣果断地说："我不拿出勇气离开那个打心眼儿里轻视我的男人，我就不会逼迫自己往更好的方向发展。对事业如此，对爱情也是。"

现在，她已经是两个孩子的妈妈。丈夫是个沉稳而踏实的男人，对她很好。

回国后，她特意去找了昔日的好友王咪咪。此时的王咪咪已经是大腹便便的妇女，穿着很朴实的衣服，床上躺着一个熟睡的婴儿，地上还有两个孩子在打闹。王咪咪的样子很疲惫，昔日的玲珑与神采完全不见。

自从那次失恋之后，柔弱纯真的王咪咪就对自己失去了信心。她不敢再主动去追人，二次伤害对她来讲，无异于胸口碎大石。

她后来嫁的老公是家中长辈给介绍的，不过两家也算门当户对，但是，她嫁过去之后，就完全过起了为夫家延续香火的生活。生活倒是挺富裕，但并不开心。

她连生了三个女孩，夫家要求她继续生第四胎，直到有儿子为止。可是，谁知道这次的第四胎，是男孩还是女孩呢？

6

张欣欣带着王咪咪来到自己家做客，王咪咪惊叹于她家里的幽静与美好。小溪潺潺、鲜花盛开、阳光明媚、树影婆娑、池中鱼嬉戏欢悦、一派世外桃源般令人艳羡的天地。

美好的人生，只有在勇敢之后，才能绚烂地绽放。

一口一口吃饭，一步一步走路

傍晚时分，夕阳渐落，余晖万里。慕名而来的人越来越多。
众人伴随悠扬的音乐，她递上两壶好茶。一壶是苦茶，一壶是蜜茶。
人生不就是这样？总是要先喝一杯苦茶，再品一壶蜜茶。

“我之所以这么妥协，是不想在年华逝去后鄙视自己。”

十年后，顾小月登门拜访自己的恩师乐师傅。乐师傅说的这句话，深深地镌刻进顾小月的心里。现在，她要给自己的师父鞠个躬，真诚地说一声“谢谢”。

1

顾小月十八岁那年看了一场电影，叫《喜剧之王》。一向以无厘头风格搞笑的周星驰，这次一改往常，用了一个比较严肃而清冽的方式，向人们阐释了他的梦想。当所有人都在嘲笑“你是一摊屎，命比蚁便宜，我开奔驰，你挖鼻屎，我吃饭，你吃屎”的时候，他眼神坚定淡泊，只用一句话反复提醒对方：“其实，我是一个演员。”

这个镜头看哭了顾小月。

顾小月的梦想也是做一名演员，却不是电影中尹天仇这样的小演员，被人欺负、嘲笑，然后所有苦楚自己含泪吞咽。

现实里没有人会站出来讥笑她，但她自己看不起自己，她愁眉苦脸，觉得心里憋得慌。

娱乐圈从来不缺年轻貌美的女孩。而她已经二十九岁了。

看着身边人一个一个或顺利或争议或莫名其妙或好运不断或苦尽甘来地走向成功，她在心底不停地问自己，干这一行，她还有出头之日吗?

顾小月长得并不算十分漂亮，情商也不高，不爱交际，不懂应酬，也不会甜言蜜语。演戏之余，她最大的爱好是宅在家里，看各种搞笑的影视剧或综艺节目，吸收灵感，从中调节情绪。

可有些时候就像现在这样，心里有苦，观看再多的喜剧都没用，只会顾影自怜，触景生情，越发伤悲。

顾小月比起别人唯一的优势在于她的学历。她是美国斯坦福大学毕业的金融硕士生，会说一口流利的英语。

顾小月窝在沙发上默默地流泪，多年前她一个人从外地奔赴北京的画面慢慢地浮现在眼前：

那天她困得实在不行，坐火车到了北京，但她睡着了，等到醒来时，她发现自己到了哈尔滨。

在哈尔滨下车后，天气异常寒冷，她裹着一条很单薄的围巾，在寒风里冻得瑟瑟发抖。嘴唇铁青，双手双脚好像被冻住了，动弹一下都疼痛难忍。

火车的坐票已经卖完了，她只买到了站票。就那样，她在凄冷的站台上，缩在一个角落，狼狈地站了好几个小时，又在车上站了几个小时……

2

梦想还是要有的，万一实现了呢？

演丫鬟的第十三个年头，顾小月还在拿这句话激励自己。那时候她已经三十七岁了。

没人批评过她坚守梦想持之以恒的努力，大家谈起她，都是啧啧称赞：“小月是个很本分、很敬业的好演员。”

但这样的她，得到了什么？除了这空飘飘的称赞，广告代言、女一号、女二号，甚至女三号、鲜花、别墅、跑车，所有其他已经成功的明星拥有的东西，她只在梦里见到过。

年华似水，一眨眼，她快奔四十了。她对自己满意吗？不满意！

她住租来的两室一厅的小房子。骑着电动车，去市场大模大样地买水果蔬菜，跟小贩们适当砍价，没人认得她。没有戏可拍的日子，她平凡得如同菜市场上多如牛毛的家庭主妇。

可别人是有老公有孩子的，她却没有。

为了梦想，甚至那些属于平凡普通女性相夫教子的幸福，她也没有。

而她的专业和特长，在这个圈子里，也无从发挥。她甚至差点忘记了自己原本也是一个闪闪发光的高才生。

有一次和欣赏她的一位老师聊天，她的老师乐师傅问她："什么才是梦想呢，小月？"

在顾小月心里，梦想当然是闪闪发光的东西，如同她当初通过坚忍不拔的毅力，考取了人人羡慕的大学。

"小月，我给你讲一个故事吧。"

乐师傅的故事很简单。他年轻时爱上了一个千金小姐，对方很漂亮，也很爱他。那时候他是个刚刚毕业的穷小子，在银行上班，工作稳定，除此之外，一无是处。她家里人强烈反对他们的恋情。于是，两个倔强的恋人决定私奔。他们来到上海这座大城市，租了一间不到十平方米的小房间，工作奔波于杭州上海两地。

美好而坚定的爱情，终于被贫寒打败，他的女友后来跟一个腰缠万贯的富翁结了婚，去了美国。他留在上海继续过乞丐般的生活。事业和爱情的双重打击，让他感觉自己是这个世界上最可怜的人，没有之一。痛不欲生，不吃不喝，整整一周。

后来，他遇到了生命中的第一位贵人，那是一家大型化妆品公司的区域负责人。他没什么专长，学历也不够，但他善于跟人打交道，凭着真诚交往，他获得了顾客的信赖，仅仅两个月时间，他靠推销化妆品狠赚了几十万。

再后来，他开了自己的公司，相继又结交了五湖四海的朋友，乐师傅的公司人才济济，生意红火，再也不用为艰辛的生活发愁了。

“可是，你知道吗？小月，那时候我却没有想象中快乐。”乐师傅惆怅地说。

3

为什么一个为梦想打拼的人，在风雨过后出现彩虹的时刻，竟然说自己不快乐？

这难道是一种矫情？

其实不然。

“因为在成功之前，我首先学会了妥协。”乐师傅说，“我之所以这么妥协，是不想在年华逝去后鄙视自己。”

乐师傅妥协的是什么呢？

他经一个台湾老板的介绍，先去当了一名剧场的小演员。他人高马大，长得也帅，但是，导演给他的角色都是配角，还有令他感觉毫无存在感的半分钟台词。

他受不了，跑过去问导演：“导演，为什么我连个男三号都不能演呢？”

导演总是对他说：“慢慢来，好好锻炼锻炼，不用急，总是会有机会的。”

可是后来他从别人嘴里得知，其实是同剧组的男主角对导演说：“那个人不能用，太抢镜。”

于是，最后，他连龙套也跑不了了。

还有比这更悲催的吗？乐师傅倒觉得轻松了。他辗转办公司、失败、再开、再办。一次次地摸索，就是一次次眼界大开。

他的心打开了，一切就不再是问题了。

“可是，小月，你知道我最快乐，感到最有成就的是什么时刻吗？”乐师傅递过来一杯水，说，“是彷徨地奔跑在路上的时候。”

因为从未给自己的人生设限，所以从不知道自己的潜力有多大、在哪里，所以才会不顾一切地去追逐，而追逐本身就是一件极有意义的事情。在追逐的过程中，过着市井小市民般的生活，可以邋遢，可以匆忙，可以仰天长啸，可以喜极而泣。总之可以尽情地去挖掘自己。

充分体验每一天，过平凡人的生活，不再把自己想象得如此伟岸且高大，不再憧憬那遥不可及的梦，粉碎了一个个不切实际的梦想，踏踏实实地过每一个恬淡又充实的日子。

真真正正意识到，每一段岁月都有它存在的价值，没有高低贵贱之分，人也同样没有三六九等。

唯一的区别只在于：你在内心汹涌澎湃地执着于某一个理想时，总会淡忘了生活本身的快乐。你不再与人和谐相处，而是闭关自守；不再感受每一天的平凡幸福，而是孤注一掷执拗于创造某一个亮点；不再耐心地体验、感受每一天的心境，而是匆匆奔波于大江南北。所有最纯真的东西，全被你忽略的那一刻，实现梦想，也显得那么单薄无力。

4

顾小月宣布退出娱乐圈的时刻，并未惊起多少涟漪。她心似静水，浅淡得如同未曾来到过这里。

跟三五好友轻轻松松地去吃了一顿饭，手挽手回家，聊到深夜，然后打着呼噜，一觉睡到自然醒。

次日晨光微亮，她踏上了自由的旅途。拍照、考察、登山、骑马、潜水，所有失去的光阴一一拾起来，流浪了大半年，她落脚在一个遥远而清淡的青石古镇，开了自己的小店，取名清雅。

店里的食物清淡而醇香。麦香的馒头，淳朴而结实，并列着素油饼，淡淡的葱香，清白的稀饭，旁边是一壶尚好的清茶，如果遇到下雨的日子，吃茶观雨，心中自有一番难言的滋味儿。

她刻意去查阅并考察了相关食品工具、店内装饰等知识，以书本知识和实际请教相结合，回来把自己的小店布置得别具一格，令人心旷神怡。

金黄色的豆腐，配咸酥花生、玫瑰鲜花饼，用白瓷盘盛着，旁边是木质小桌椅，悠扬的小提琴，还有店里的招牌小菜“桂花酱”，是不远万里从台湾偷师得来的，用竹签夹着放进豆腐或饼里，就像秋天时花开满园，流满醇香。

屋内的墙壁上高挂着几幅字画，笔酣墨饱、行云流水。四处的角落摆满了花花草草。朴实无华而装满乾坤，彰显着主人清淡雅致如神仙般飘逸的纵逸灵魂。

这不显山露水，毫不张扬的古韵小调儿，倒成了一众明星常去之所。桌上铺着长长的画纸，休闲时刻的雅士，信手涂鸦，随意泼墨，令她的小店声名远播。

她竟从此扬名了。

傍晚时分，夕阳渐落，余晖万里。慕名而来的人越来越多。众人伴随悠扬的音乐，她递上两壶好茶。一壶是苦茶，一壶是蜜茶。

人生不就是这样？总是要先喝一杯苦茶，再品一壶蜜茶。

第二章

成为光亮，停止寻找

CHAPTER 02

有主见的人
决定自己的人生

人生就是这样，
好戏总是在未知的深处，只要你敢于迈步。

青春是一列刹车失灵的火车，不顾一切地呼啸驰骋。

人总是被裹挟着向前，不会如慵懒的泥沙那样，沉积下来，毫无退路。

1

“你不要心比天高哦！还上大学呢！看你的数学成绩！”

亚男总是被父母异口同声的论调抨击得无处可逃。

但是，手里犹如俄文一般的数学书，还是狠不下心扔掉，一边心如刀割地听着，一边潜意识地把它攥得更紧了。

亚男自问，除了数学，其他的学科还是非常不错的，比如英语，全年级第一名的那个女生也考不过他。还有，英语老师总夸他口语好，将来跟外国人直接对话，也不逊色。

“过来帮忙干活！就知道读书，快成书呆子了！”

亚男知道父亲每次这么说话，心里并不是真的厌倦了看他读书，而是——家里实在太穷了，而且他下面还有两个弟弟，一个妹妹。

他即便考上，也拿不出学费来。而父母又不知该如何向他坦陈心事，所以这些轻微的抱怨，他们以司空见惯的方式说出来，却如重石一样，一字字砸在他心头。

亚男怎么可能不理解他们的想法？关键是他就没想过伸手问家里要钱。

亚男每天中午偷偷在一家小饭馆里打工，刷碗、端盘、扫地，每月只有二百块钱的收入，但好歹几年攒下来，也有不少了。

他跟父母的思维不在一个频道上，所以他决定不再隐瞒了，他说：“我在外面打工，赚了点钱，差不多可以应付一下学费问题。”

父母听了一愣，没过多久，低下头继续干活了，再没说话。

亚男感觉空气有凝结的沉重感，他并不想提及这个事，怕伤了他们强烈而卑微的自尊心。他又不得不提这个事，更怕他们阻拦他上学。

亚男最终还是因数学成绩差而落榜了。他把钱拿出一部分给父母，剩下的自己攒起来。

家里有钱的同学都在业余时间上辅导班，看上去效果真的不错。亚男同桌后来进步很大，考上了理想的学校。亚男决定复读，他把余下的钱，全部拿出来用在学习上。

一边打工赚钱，一边全力投入到学习中。第二年，亚男成绩噌噌噌一路上升到班级前三名，他并不是脑子笨，也不是基础差，他的问题出在太考虑父母的感受，无法完全左右自己的想法。

高考失败起初令他非常失落，不久便镇定了下来。

有个辅导班老师得知了他的情况，主动对他说："亚男，你不用担心学费的问题，如果你考上，我借钱给你。将来等你有钱了，再还我不迟。"

亚男激动万分，这激动促使他动力十足，他每天学得很卖力。第二年，亚男以全校第三名的成绩考上了自己理想中的学校，学的是金融专业，其实他更喜欢新闻专业，但他想，将来应该赚很多很多钱，让父母过上好日子。

2

大学毕业，亚男不负众望，以高分考上了研究生，学的仍然是金融专业。

几年过后，亚男研究生也毕业了，有天他在电视上看到一个名人访谈栏目，电视屏幕里的男嘉宾提到自己的创业经历时侃侃而谈。亚男盯着他一张一翕的嘴巴，顿时心中冒出一个念头，他也要自己创业。

那时候亚男住在学校外面一家单位的地下室，苦思冥想了三天三夜，最后决定从办辅导班做起。他想像俞敏洪一样去创业。

辅导班场地租好了，可是没钱了，连做广告单的钱都没了。亚男蹲在马路边，望着川流不息的人群及车辆，仰望着辉煌的灯火，和那一扇扇明晃晃的窗口，他好想在这样一座城市里安家。

父母好久没接到他的电话，有点担心他，便主动给他打来电话，父亲问："娃儿，你在外地过得还好吗？如果觉得辛苦就回老家来吧！咱们农村现在不比以前了，种地也有好价钱。还有，家里的老房子快要拆迁了，国家给了许多钱。"

亚男不是不知道时代变了，回农村也是可以有一番作为的。但是他不想啃老，他时刻没忘自己读研的目的。

他故作轻松地回答："爸妈，你们放心吧，我在外面很好的，工作很忙碌。哦，对了，我跟小伙伴一起合开了个小公司，生意好得不得了。"

挂了电话，亚男想到刘松，他们班最跩的纨绔子弟。亚男跟他之间几乎没交流，但是，他决定厚着脸皮试一试。

大半夜，亚男揣着一腔热情敲响了刘松家的门。刘松睡眼惺忪，打开门，眼前的亚男却一副如饥似渴的饿狼模样。

“什么事？”刘松有点嫌恶地说，语气并不友好。

亚男管不了那么多，他主动进门，说：“我能不能问你借点钱？”然后进屋就坐在他的沙发上，又自顾自地说：“或者你做股东也行。我准备投资个学习机构，你知道，我英语很好的。”

刘松听完他的计划后，完全没兴趣，回道：“现在办辅导班的人太多了，不见得都能赚大钱。还得亲自教，太辛苦了。”

“干什么不辛苦？我的辛苦就是为了将来让父母不辛苦。”亚男铁了心借钱，不借到手，誓不罢休。他又滔滔不绝地讲了自己老家的许多故事，以此来博取同情心。

刘松听得一愣一愣的，没想到穷人的日子是那么过的：“那你想借多少？我不入股，等你做好了赚了钱以后再还我就行。”

3

亚男的第一笔资金到位，余下就是做广告、贴广告、发广告，招生工作干得如火如荼，不亦乐乎。然后，他拿第二笔资金招来几个为自己打工的员工。不过，许多事情，他还是坚持自己干，一点不敢怠慢。

辅导班取了个名字叫报恩，他每次上课都会给孩子强调学习的目的就是报恩，报答父母恩情。一众家长对他喜欢得不得了。

五年过后，亚男小有成就，在这座大城市，买了车，买了房，西装革履，也算混得不错。他把父母接过来跟他一起住。每月给二老五千块钱，让他们自己随便花。

两个老人很欢喜。他们喜欢跳舞，报名去参加了老年大学的舞蹈班。亚男别提多高兴。

但某天，他又在电视里看到一个新闻采访，一个女记者对着一群老外不知该如何流利交谈，急得直比画。亚男忽然灵机一动，他把二弟从老家叫过来，郑重对他说："弟弟，'报恩'交给你来打理了，你可以不教学，但要监督、管理别人教学。对孩子要负责。我准备去干另一项大事业。"

亚男先去电影院独自看了一场电影《疯狂动物城》。里面的台词让他很感动："生活总有点不顺意，我们都会犯错。天性如何并不重要，重要的是你开始改变，开始拥有梦想。"

亚男潜藏在内心深处的那个梦想，悄然地被唤醒。他要去当一名新闻记者，而且是跟外国人打交道的。

亚男的疯狂令弟弟表示不解，但是他支持哥哥的决定，并鼓励他道："哥，你放心干吧。我会帮你打理好公司的。"

亚男飞到了美国，自费去哥伦比亚大学进修新闻专业，人生的另一段旅程开始了，在陌生的地方，他重新进入了孤独又独立打拼的状态，但同时收获了他的爱情。

他在一次学校的演讲活动中，指点江山，魅力非凡，让那位美国姑娘一见倾心。他也很爱这位美丽、热情、独立的姑娘。

两个人交往后，他惊异地发现这姑娘真是上天赏赐给他的礼物。她父亲是一家电视台的台长，是个不折不扣的媒体人。

亚男顺利进入了那家电视台，他接受的第一个任务就是采访，采访对象自定。

当时有一起很热门的犯罪案件，受害人死了，罪犯却最终胜诉，无罪释放。他跑过去采访那个犯罪人的辩护律师，直接措辞严厉地问他，为什么要黑白颠倒。那个律师倒不介意，对于自己的胜诉沾沾自喜，满脸欢快，滔滔不绝地讲了一大堆如何取胜的关键要素。

他本意是想调侃一下这离奇的结局，顺便调侃一下这位高超的诡辩律师。不料，他自己的人生更离奇，他直接成了当红最帅男记者。一堆人堵在电视台门口，只等他出门，拿起相机啪啪啪拍个不停。

人生就是这样，好戏总是在未知深处，只要你敢于迈步。

人生也是一场冒险，何不按自己的意愿来？有自己的主见，不被旁人打扰，乐意在孤独中拼杀，又不安分守己，为梦想加点颜料，不知道哪天命运就会犒赏那个早已准备好了的自己。

永不气馁地
追求属于自己的梦想

生活是一潭深井，
你不知道里面给予你的是泥垢、污水，还是清冽的甘泉。
但是，只有努力，你才能实现自己的价值。

“一张纸，你把它揉了，扔在地上重新捡起来，那张纸，废了。一张钞票，你把揉了，再用脚狠狠地踩它，然后捡起来。那张钞票，价值不变，它依然是人们心爱的物品。”曾有人如是说。

不论你曾经历过多么残酷的磨难，只要你有价值，你就比一张白纸强得多。

1

在沈美丽很小的时候，父亲就经常这么教育她。后来逐渐长大，她发觉父亲的思维很超前。

读小学时，沈美丽性格内向，从不爱找人说话，上课连举手发言都觉得紧张、害怕。有一次因为后排的一个男生向她借橡皮，转头说了几句话，被正在讲课的数学老师罚站了整整一节课。

那时候，对于数学老师而言，沈美丽是班里一名再普通不过的女生。他甚至叫不出她的名字。而他对她来讲，如同天上的白云蓝天，遥不可及，只有仰慕。

但是，期中考试过后，沉默的沈美丽一鸣惊人，考了班里第一名。数学老师早已经忘记了他曾罚她的那件事，主动提出让她当课代表。因为她的数学得了满分，是班里唯一一个满分的学生。

之后沈美丽没有辜负老师的期望，每次考得都比较好。渐渐地，她成了他办公室里的常客，他会每天跟她讲各种稀奇古怪的趣事。无疑，沈美丽成了他十分喜爱的学生，他则成了她格外亲昵的一位好师长。

人跟人之间的缘分，就是这么建立起来的。从无到有，从不敢想，到一发不可收拾。

小学刚毕业，作为校长的数学老师，被教育局调到了一所更大更好的学校里任职。他独自一人，在人群散尽的黄昏徘徊，像是在跟这里做最后的告别。

沈美丽则一个人傻愣愣地站在不远的角落里，望着他，泪眼模糊。

小小年纪的沈美丽，竟品尝得出分离的味道，依依惜别，却又不敢大声对他讲出来。

沈美丽永远都记得他曾和蔼万分地对她说："你的性格还有点被动，以后要学着主动一点点。因为主动，才会有机会。有了机会，幸运才会降临。被动的人，被伯乐发现、赏识，其实是很难的。"

他并不知道，其实沈美丽将这句话一直存放在自己心底，整整几十年。

之后沈美丽升入初中、高中、大学，在每一次的转折点，她都为自己的命运，百折不挠地选择主动。她告诉自己，机会要自己把握，没什么人，可以随随便便成功。

2

十五岁那年，面临中考的沈美丽，被社会所抛弃。

沈美丽出生在农村，当时的政策是，市区的一些好学校，不许他们这些农村的孩子报考。而县区的一些好学校，也不许他们这些郊区的孩子报考。

他们只能报考本区的一所臭名昭著的高中。

那时候沈美丽的成绩在全年级是前几名，非常好，她的老师个个对她的前途表示关心，而又忧心忡忡。

各科老师纷纷约好了似的将沈美丽叫到他们的办公室。一开口就是叹气，他们对她说：“你家人对你有好的打算了吗？还有半个月，抓紧努力一下吧！”之后班主任又亲自给她的父母打电话。在那个下着大雨的夏日，她的父母在接她放学的校园门口，脸上溢满了水珠，不知是雨水，还是泪水。

回到家，父亲对沈美丽信誓旦旦地说：“你只管好好学，用心学，其他的千万不要考虑太多。你放心，你们班主任跟你的其他任课老师，都会尽全力帮你的。”

沈美丽哪里知道他们所谓的“尽全力”是什么意思。中考填写报名志愿的时候，父亲跟班主任之间通了很长时间的电话，最后在她不知情的情况下，替她把第一志愿给填了。

后来，沈美丽果真没有进那所臭名昭著的学校，但是却走了无比曲折的一条道路，辗转提前学完了三年的高中课程。这其中的艰辛，对当时的她来说，真是觉得苦闷无比，她想不通为什么命运会如此折腾自己。

吃苦对于年少时的沈美丽来说，成了家常便饭。跟同龄人比起来，她没有多么温馨浪漫又一帆风顺的少年时光。

以后，每当提及这段岁月时，她父亲总是会说：“当年啊，多亏班主任和任课老师对你的栽培。不然，你要像其他人那样，到一个破学校，被教坏了，或者跟人学坏了，那你就不会有今天了。所以——”

所以沈美丽要感激他们。那时候叛逆的她心里在想，为什么市区的同学，同样跟她报考一样的学校，人家差十几分都可以进来，她却要那么努力？父亲你有没有问过自己，你为什么不是市里人啊？为什么要让子女跟着你受累？

她那个时候就想，将来一定要努力，让自己的孩子，不要再受这份罪。

可是，抱怨父母是不对的，随着年纪的增长，对他们只能越发理解和敬重。如果没有许多的波折，人又怎么可能变得坚强、独立而懂事呢？这其实应该算是一笔宝贵的财富。

只是，父母的思维跟沈美丽相比，总是不太能融合，免不了磕磕绊绊。

毕业后，沈美丽面临工作与继续求学的双重选择。父母的意思是，现在找工作不容易，还是先就业吧，这样也挺好的。

然而沈美丽的理想是入党、读研，然后出来当记者。

大学时她在班里当班长，班主任姓肖，是个很可爱的老头，很欣赏她，还曾问过她：“你想不想入党啊？”

当时的写作老师对她也很好，她被沈美丽一篇现场一万多字的作文打动，然后让沈美丽帮个忙，接她孩子放学，准备等沈美丽一毕业，就推荐沈美丽去日报社做编辑。

何况，沈美丽有一个“为民造福、广济苍生”的宏愿，党得非记者莫属。

然而沈美丽是家里的老大，下面还有几个弟弟妹妹，他们成绩都不错，受她影响，个个都想继续求学，在学习这条道路上，能走多远走多远。而她身为老大，她必须牺牲一下自己，暂时先找工作，支持和成全一下弟妹们。

沈美丽委屈极了。但又只能选择接受现实。

3

工作后，披荆斩棘，她最终通过竞聘在一堆人中脱颖而出。但她心里没有丝毫喜悦，那时的她，对于钱财，也看得不重。靠打工来求学对她来讲，从来都不是难事，易如反掌，熟悉得跟家常便饭似的。她一点儿都不想这么快进入社会，更不想工作。

所以，即使在那些落选者羡慕的目光下，沈美丽仍显得那样忧心忡忡，就像儿时她尊重的那位数学老师一样。

一次，沈美丽一个人来到僻静的山上，反反复复地高声呐喊，山谷的回音四起，四周的鸟儿被她的喊声惊得一跃而起。

天空，再也不是湛蓝的；白云，好像都变成了黑压压的；山上的风景，不再美丽如画，仿佛有一副邪恶的面孔，张牙舞爪地朝她扑来。

沈美丽喊得累了，嗓子哑了，蹲下来，想大哭一场，却发现欲哭无泪。

在夕阳落山的时刻，她对自己说，环境固然是造人的，但是追求更重要。只有不断地争取把握自己的命运，才能迎来广阔的好运。

沈美丽决定为家里分担一些困难。之后她一边工作，一边学习，完全两不耽误。

工作上，业绩出色，首屈一指，无一人可超过她，全是手下败将；学习上，决不许自己偷懒，她分身为二，一面是自己，一面做自己的师父。

沈美丽一遍又一遍地告诉自己：哪有那么多一帆风顺、心想事成？所有的成功，必然都会经历或多或少的磨难。缺少这个，一个人的心智就不会成熟，写出来的东西，也只会华而不实，没有营养。生命是一个庄严而漫长的过程，你得学会折腾。

那个时候，沈美丽已经开始小说创作了。十四岁那年第一次投稿就中的她，在这些年，也相继发表过不少作品，工作了，更可以因为眼界大开而创作。

她埋头苦干了一整年，终于在岁末之际，完成了第一部小说。那时候电脑还没普及，沈美丽全部手写。当她捧着那沉甸甸的一摞手稿交给别人看时，内心的喜悦与激动简直无法言说。

没人知道，沈美丽在那一年一共看了3000多本书和杂志，写了十几本的阅读笔记。那时候阅读量之大，令她文思如泉涌。创作起来，水到渠成。

当伯父告诉她，那家出版社对她的小说表示满意时，她乐得手舞足蹈。

4

书出版后，单位领导欣喜万分，比沈美丽还高兴。他们一夜之间就把她的书看完了，然后又兴高采烈地将她的书送给更高部门的领导看。以后单位的各种宣传、写作，也都由她来做，领导很放心，她也干得挺来劲。

没过多久，上级一个大领导于无意中见到了沈美丽，交谈了几句，对她印象不错，那时正值他们缺写作方面的人手，便把她借调过去了。

这算是沈美丽人生的第一次飞跃。她来到这个大名鼎鼎的机关部门，好像一只飞出笼子的喜鹊，欢喜得很。

在新的单位，她忽然发觉比以前轻松多了，坐办公室的日子惬意自由得很，时常还会全市到处跑，有专门的司机接送，有无数的会议和饭局，每天都可以结交不同的朋友，以及学到广阔的社会知识。这让她头一次感觉，书本知识相对来说，是多么匮乏，社会则是一面大镜子，只有在镜子面前完美的人，才能成就自己。

沈美丽孜孜不倦地做着自己感兴趣的事，埋头苦干自己的工作，那几年的日子简直太幸福了。然而，人生总是沉溺于乐海之中，就会觉得缺少些什么，甚至在过度的欢快中，人更容易遗忘自己当初的梦想，就好比温水煮青蛙，也不见得是一件好事。

一次同学聚会，当沈美丽得知上学时班里某一个学习很一般的女生竟然考上了省委机关时，顿时大受刺激，她自问她虽然在机关工作，但到底不是自己考上来的。在一些人眼里，也许她靠的是“走后门”也说不定。过上这样舒服荣耀的日子，之前的自己又付出了多少呢？一向对自己严格要求的她，开始对自己不满意。

天生喜欢折腾的她，主动辞掉了那份工作，又回到原来的岗位。她希望把自己逼到万劫不复的境地，逼迫自己奋发图强，靠自己考取理想中的单位，一如那个令她暗暗佩服的女同学。

沈美丽的选择自然令人瞠目结舌，所有人都以为她在犯傻。而就在那一年，她发疯一般地努力，把丢下了好多年的英语又重新捡起来，不仅考上了研究生，而且自学了心理咨询，一举考完了国家二级、三级心理咨询师。她的成绩出来后，连她的大学老师也啧啧称奇，别人学了几年的课程，她一次就过了。而且，在他的所有学生中，她的成绩竟然是最高的。

兜兜转转，已然工作了的自己，又重新圆了曾经求学的心愿。后来的沈美丽总想起从前的自己，总是自问曾经的梦想是什么，不就是要当一名关注民生的新闻记者吗？她向在广播电视台工作的一位朋友打听考记者的事宜，她得知，需要在媒体单位工作至少一两年，有相关从业经验，得到单位推荐后，才可以报考时，她一下子如泄了气的皮球，一日三餐都食之无味了。

沈美丽彷徨沮丧了十几天，然后就逼迫自己振作起来，有什么办法能圆了自己当记者的梦想呢，即使不能以记者的身份去报道一些事，至少可以拿笔去写，去投稿啊！

这个想法令她雀跃，顿时又来了勇气和动力。

接下来，她要做的事，就是笔耕不辍，不停地关注身边的人和事，关心社会热点，关心每一条涉及百姓切身利益的事。她把自己假想为当地知名记者，靠着对这份工作的热爱，她向一份杂志投了稿。

第一次投稿，写了近一万字，编辑给提供了一些很有指导性的意见，沈美丽再认真地修改。第一篇文章就顺顺利利地发表了。

稿子出来后，沈美丽报道的事情令当事人激动不已，纷纷对她表示感谢。而且，稿费特别丰厚，是自己每月工资的两倍。

之后，她再接再厉，相继又出了几本书。在通往写作的道路上，总算开拓出了一条光明的道路，而她也愈加热爱写作了。

不为名，也不为利，在最初的梦想里，就是为了证明自己，为了兑现求学时那一个没有机会实现的梦。而在不断付出的过程中，结果却是既得了名，也有了些许利，这正是“有心栽花花不开，无心插柳柳成荫”。

梦想是一双永不折断的翅膀，拥有它，才能展翅高飞。而生活是一潭深井，你不知道里面给予你的是泥垢、污水，还是清冽的甘泉。但是，只有努力，你才可能实现自己的价值。

“不把自己的生活，过成一张白纸，而把它过成一张折皱的钞票，它上面的纹理，才是你最美的幸运。”她永远记得父亲对她说的这句话。

从现在开始，
去过自己喜欢的生活

世界那么大，人们遗憾一大把。秋志想通过这个方式告诉大家：
喜欢的生活，靠自己走出去。岁月不可能重来，但梦想从来不问年纪。
你踏出一步，也许就有一步的价值。

人们分开，总有一些原因。不过有一些人，你应该等，应该找。等待和寻找都是难过的，可是，后悔会更让人难过——

1

盛晗坐在电视机前发呆，无意中听到谁说到这句话，忽然一个激灵腾空而起，她站起来后，只觉大脑一片空白，短暂死机了一会儿，恍惚又坐了下去。然后，有个声音就在耳畔一直响着：“人们分开，总有一些原因。不过有一些人，你应该等，应该找。等待和寻找都是难过的，可是，后悔会更让人难过——”

盛晗终于醒悟了，她跟秋志分开，大抵怪不得对方，主要责任还在于自己。

那一年，秋志疯狂追求她，将她的世界搅得一团乱麻，如同水火不容的两个人，门不当户不对。盛晗从小就受到母亲的谆谆教导“女孩子家将来应该找个踏实认真的男孩子，许你未来，给你安全”，她扪心自问，秋志很帅，酷酷的，是往人群里一站，立即吸引无数眼球，甚至可以达到空前盛况的那种。

可是，帅能当饭吃吗？自己的胃都填不饱的时候，还能拿什么来爱你?

盛晗想到母亲的话，犹豫了。

当他如影子一般追到上海找到正在跟家人结伴游玩的她时，那天下着淅淅沥沥的小雨，她站在一处屋檐下，撑着雨伞，美好得如同一幅隔世的画。有些缥缈，他心上陡生万般惆怅。

她看到伫立在雨中，头发、身体、背包均已淋透了的他，有些恍惚，也有些感动。

母亲悄悄地对她说了句：“不要犯年轻人的糊涂病。”然后用和蔼可亲的微笑对秋志平静地说：“我到那边商店里逛逛，你们聊。”

秋志是知道她家人不喜欢他的，太帅的男人给不了人安全感，太帅而又没有正儿八经工作的男人，就像个易碎的花瓶。

盛晗出身名门望族，家里有几个上市公司，父亲是有名的商人，本城的大报小报每天都在争相报道。她两个哥哥也都很能干，既会炒股，又善于打理公司。

盛晗更是乖乖女，善良、漂亮、文艺，却唯独不叛逆、不果决。

要这样的女孩跟自己走，难度的确是大的。

不过秋志不打算放弃，他有一颗沸腾的心，他有不低的智商，他还有不羁的灵魂，他常常警告自己，人是可以被打死的，但不能被打败。

秋志站在雨中，最后一次问她："盛晗，你愿意跟我一起走吗？"

盛晗看见他已经成了落汤鸡，她的心在颤抖，但良好的教养依然让她保持不动声色，冷静自矜。

她走到他面前，把伞撑起来，高高地举过两人的头顶。她问他："跟你去哪儿呢？"

秋志说他只想去一个地方，那就是天涯海角。

天涯海角的旅程，说走就走的潇洒，听起来像阳光下灿烂得令人醉心的肥皂泡，亦如同他轰轰烈烈的表白。

只要能离开这里，不要再被她的父母阻拦，其实，哪里都行。

秋志很镇定地回答她："离开这里，我会给你一个美好的将来，请你相信我！”

从一出生就含着金钥匙，早就过惯了父母安排的富裕安定的生活，对于“私奔”这样的事情，她还真的始料未及，连想都不曾想过。

在这个雨天，她尽管被他感动，可是，她还是委婉地拒绝了。

她从包里取出一个父亲在拍卖行为她新买的小型烟具古董，送给他，说：“那你先去吧，走累了的时候，再回来找我。我等你。”

纵有再多不甘，他们也只好就这样分别了。

2

秋志先去了西藏，到了拉萨后，他发觉自己呼吸急促，有种上气不接下气的感觉，在即将休克的那一刹那，有个女孩子好像从天而降，拿了一瓶氧气，麻利地帮他戴上。

在渐渐昏迷的瞬间，眼前的这个陌生女孩，幻化得如天仙般，直到沉入梦里。

女孩叫林菱，跟他同岁，比盛晗大两岁。她也是一个人行走在旅途中。

秋志醒来后，他问她：“你这样一个女孩子独自旅行，家人允许吗？”

林菱笑着说：“他们当初也是极力反对的，怕我出状况，毕竟危险是不可预知的。但是好在我坚持，最后他们还是屈服了。人生自然会有不测发生，但谁能保证，不走出来，就一定是完美的呢？谁又能保证，走出来的天空，不是湛蓝广阔的呢？”

林菱有一对酒窝，很浅，笑起来的样子很迷人，如同一壶清茶，优雅、清新。她的声音也动听，银铃一般，她最大的特点是爱笑，好像从来就没有忧愁。

秋志决定跟林菱一起搭伴而行。

他们从西藏辗转又去了新疆、内蒙古、湖南凤凰古城、有东方夏威夷之称的三亚、轻烟缥缈的桂林……他们摸过岩壁淌水、撑竹筏、划舟、坐小船；他们在经过幽暗的水洞时高声欢呼；他们也拿摄像机拍下壮阔无比的大海；他们还拍下壮观的冰川映衬下的宁静湖水和茫茫的草原；他们欣赏神秘而又静美的神仙湾、卧龙湾、月亮湾……

“溪岸青山拥翠竹，轻舟漂入画中图”，他们边走边玩边慢慢熟悉和相互欣赏。

最后，秋志和林菱情不自禁又自然而然地相爱了。

世间情事大抵如此吧，谁又能命令谁来许自己一场天长地久，谁又能评判谁是谁非、对谁公不公平。总之在感情的世界里，唯独不能将自己置身事外。希冀过上自己向往的美好生活的人，因为一个雨中的含糊承诺，一个犹豫不决的念头，一个背起行囊远走他乡的背影，一份渐行渐远的落寞，最后，造成了越来越远的疏离。

林菱答应做他女朋友的那天晚上，秋志想，如果换成是盛晗陪着他，会是怎样？

那份爱再浓烈，再馥郁芬芳，终究只能挥手作别。也许，她早就被家里安排嫁作他人妇了吧，而那个男人，一定是个名副其实的富二代，有自己的公司，良好的事业、前途。门当户对于她，是最平稳而甜蜜的归宿吧？

3

林菱是不告而别的。

秋志一觉醒来，发觉身边的女子已经杳无踪迹。床头的地面上，散落着一张纸。是写给他的：

“秋志，我知道你的故事，醉心于你的痴情，感谢你带给我的美好。可是，我没有告诉过你，我依然还在寻找，寻找我自己喜欢的生活。”

秋志狠狠地骂了一句。

她什么意思啊？她也想告诉他，她跟他在一起，只是一时的意乱情迷？她依然认为他不是那个可以带给她幸福生活的那个人？

秋志痛心疾首。

走吧！都走吧！或许，一个人也有一个人的美好，一个人也有一个人的快乐。

秋志的书陆陆续续地出版了。每一张图片，每一个淳朴无比的笑脸，每一个惊险的镜头，每一份安静的美好，都让人惊叹。他摄影技术高超无比，许多图片被刊登在最畅销的旅游杂志上。有几张，甚至被《国家地理杂志》选中。

秋志一下子成了名人。

成了名人后的秋志，衣食无忧，生活更加惬意轻松。有家电视台聘请他去做旅游节目的主持人。

他想了想，觉得也挺有意思的，就点头答应了。

在第二个年头，已经小有名气的秋志带着电视台的制作团队，来到杭州西湖录制节目。那天围观的人群众多，夹杂着人们欢快而兴奋的交谈，有无数人争抢着与这位帅哥主持人合影。他笑容浅淡，来者不拒。

所有人忙碌完毕，观众也逐渐散开，秋志跟团队挥手道别："我想再转转。"

他怎么也没料到，他在湖边见到了站在那里的林菱。

林菱背对着他，正兀自望着湖水发呆。他站在她背后，思索着要不要上前打个招呼。

就在他犹豫不决的片刻，林菱转过身。

四目相对，暮色四合，夕阳柔美，鸟儿欢叫。那幅画面美得有些令人陶醉。他望着她，人更瘦、更黑了些，不过更加从容而清秀。

林菱站着没动，温和地对他笑笑："真巧。"

张爱玲说过："于千人万人之中，遇见你所要遇见的人，于千万年之中，时间无涯的荒野里，没有早一步，也没有晚一步，刚巧赶上了，没有别的话可说，唯有轻轻地问一声：'噢，原来你也在这里？'"

他们总是在无法预知的时空里相遇，那又怎么可以再互相逃避？

那一晚，秋志总算听完了林菱的故事：

她爱上一个男人，那个人说要带她远走天涯。她不顾父母的反对，放弃了工作，辞职跟随他。他们携手走过许多惊险无比的地方，爬过雪山，差点遇到过雪崩，在玉龙雪山上许过誓言，她以为她这辈子会永远跟他在一起。

可是，正当她怀着最美的爱情梦想欢欣雀跃时，他忽地消失不见了。

林菱说，她一直在等，在寻觅。她希望能寻觅到他，她更希望能等到他。

秋志听得心碎无比，惆怅万分，这个故事，像极了他那段挫败的爱情。同病相怜的人总是很容易拥抱在一起。那天晚上，他们坐在秋志家的阳台上，数星星，赏月色，聊着属于他们的陌路萧郎、红粉佳人。

缘分是个很奇妙的东西，不知不觉就来临了，谁也挡不住。曾经以为的沧海桑田、海枯石烂，不过都是个破碎的期许，如同水中月、镜中花。

林菱告诉秋志："我要谢谢你，谢谢你让我知道，原来人也可以等待，在等待的过程中，认清了自己。人同样也可以寻觅，在寻觅的过程中，明白了自己最喜欢的生活。"

"世界那么大，我想去看看。"对有的人来说，这只是贫困而奢侈的笑话；而对有的人来说，这只是一个跟钱和时间无关却有关世界观的问题而已。因为勇敢做自己，所以如此快乐。

4

秋志跟林菱继续携手，在跨越了无数个大山谷、登上了无数个高山、拜过了无数座庙宇、吃遍了全国各地的特色小吃后，两人启动了出国旅行。

于是朋友圈里，你会看到每天有两个人，或在大海深处如鱼般潜水，或在沙滩之中懒洋洋地晒太阳，或在异域他乡挽手奔跑，或尽情享受在国内贵得要死但在国外便宜万分的美食和咖啡……还有一点令许多人艳羡不已的是，他们学会了一口流利的英语。

盛晗此时在电视里发现了秋志，而家里正为她安排一场盛大的婚礼。她逃出家门几天，窝在乡下的亲戚家里，胆怯地给秋志发短信：

“有人向我求婚了，可我现在才知道我一直在等你。”

秋志握着手机的手一直在打战，哆嗦着像是生病的老人。在这个世界上，无论你活了多少日子，无论你有多少难以启齿的遗憾，无论你曾多么深爱过的人，无论你路过多少地方、遇见多少人，无论你经历过多少复杂的故事，一切的一切，都只能烟消云散了。

秋志的微信圈始终没加盛晗好友，这次，他决定跟她做个朋友。

秋志想对盛晗说：从现在开始，去过自己喜欢的生活。可是编了短信过去，忽地又发觉不妥，那稍纵即逝的东西，一去不复返了。

“你送我的烟具还保留着，我在澳大利亚，送你的东西还在旅途中。”最终，他这么对她说。旁边的林菱已经泪流满面。

后来秋志在电视台的旅游节目里策划了一个有趣的活动，据说这个方式在国外也比较流行。他走到大街上，竖起一面大大的黑板，上面写着一句话："你这一生里，最大的遗憾是什么？"

路上的行人匆匆地拿起旁边的粉笔写下了自己的心里话：

"没有勇气辞职去做自己想做的事。"

"没有勇气说爱她。"

"没有勇气来一场说走就走的旅程。"

"没能跟最爱的人在一起。"

"后悔自己浪费了许多宝贵的时间。"

"没有逃离自己的舒适圈。"

"没有奋力拼搏考取自己梦想中的大学。"

……

世界那么大，人们遗憾一大把。秋志想通过这个方式告诉大家：喜欢的生活，靠自己走出去。岁月不可能重来，但梦想从来不问年纪。你踏出一步，也许就有一步的价值。

悲伤的爱情，是一首成全自己的歌

许瀚的手机响了，电话里合作的那个演员激动万分地告诉他，
新片上映才三天，票房已经过亿了。
许瀚微微一笑，谁说悲伤的爱情不是一首歌呢？
今天外面的阳光很暖，太阳刚露出头，一天才刚开始呢。

人生最大的遗憾可能不是遇不到最好的那个人，而是在明白那个人最好的时候，已经无法拥有了。

有些错误，要自己承担；有些回忆，只能随风而去；有些路，终归还是要自己去走；有些人，终究不可能一辈子都原谅自己。

1

许瀚从苏北乘飞机来到云南，刚落地，还没喝一口水，就直奔陌上花开宾馆，那是叶子约他见面的地方。

三年没见，许瀚在电话里听到叶子啜泣的声音，她只说了

一句想见他，他就放下手头的事情，不顾一切地飞来了。

风尘仆仆的许瀚，看到正倚在床上看电视的叶子，两人一见面，便因思念太久拥抱在了一起。

后来叶子便把自己同老公的事情向他倾诉，许瀚坐在床沿边，静静地听着。

叶子说，老公跟自己性格不合，两人时常吵架。现在有了个两岁的儿子，小家伙跟爸爸亲，跟她不亲。她其实并不爱他，当年只是看不到未来，所以才匆匆嫁给了他。他们两个认识不到两个月，就闪婚了，这个婚姻本来就没多少感情，她忘不了许瀚，所以，她想离婚。

许瀚想，可能是叶子心情不佳，所以说出来的话，才显得那么语无伦次。他听到她说到最后一句："我如果离婚了，我们还能在一起吗？"

许瀚的直觉告诉自己，这个他深爱了十年的女孩，再也不是从前的那个女孩了。

许瀚想起三年前他曾经很认真地对她说："叶子，这辈子我们都不要再联系了，我们分手吧！"话虽如此，许瀚却从没有真正忘记她。

分手的这几年，他一直在默默观察她的QQ签名，每一句话，或悲或喜，他都会情不自禁地揣摩、想象，只当是见到了她本人，这样才可以每天安心入睡。

她过着自己的日子，谈过两三个男朋友，分手了，然后又认识了现在的老公，没多久就闪婚，生了孩子。她从来不知道许瀚每天都在关注着她，即使女性的直觉感觉得到，但是，她依然不能相信，这样的关注是每一天。

许瀚来此之前，发觉她已经一周没有更新签名了。在这一周里，他做了无数个梦，梦里面又遇到她，却只能看到她的背影，越来越远。他喊她，她却始终听不见，一直视他不见。

叶子已经眼泪汪汪，泛着迷惘又恳切的光芒。许瀚有些心疼，但理智告诉他，他们之间再不像之前一样了，叶子现在只是需要安慰。

许瀚试图平和地安慰她："叶子，想开点，每个人的婚姻都是在吵吵闹闹中过来的，这才叫生活。"

叶子哇的一声扑进他的怀里大哭起来。把这许久以来积压在心底的愁怨全部释放了出来。她喃喃地说："我现在一无所有了，许瀚，我只有你，请你不要不理我。"

许瀚拍拍她的肩膀，任由这个自己曾经心爱的女孩在自己怀里大哭："叶子，你还有自己。"

待叶子渐渐恢复了情绪，许瀚表达了自己的想法。

她明白了，他们之间再也不可能了。

2

许瀚刚回到苏北，就接到公司新工作安排的电话，他需要去北京组织一场演唱会，布置舞台场景等。

许瀚今年刚满三十岁，已经是一家文化产业公司的老总，又兼导演、制片人于一身，去年投拍的那部电影上映后，口碑较好，票房不俗，他已经算得上响当当的名人了。

而在十年前，许瀚还是个刚毕业的大学生，被分配到市里一所学校做老师。

那时候同班同学的叶子是他的女友，毕业后分离，她回到云南，靠父亲的关系，在当地的一家文化馆里就职，工作清闲，比他的处境好。

许瀚去云南找她，叶子父母扫了他一眼，问了问他的家庭和工作状况，然后，当着叶子的面告诉他："你们相距万里，我就这一个女儿，不可能让她嫁到那么远的地方去的。"

许瀚急切地说："我能养活叶子，我会努力的。"

叶子父亲说："做老师一辈子也就那样了，可以维持温饱，不过让我把女儿万里迢迢交给你，我和她妈妈不可能会放心。"

许瀚听出了他们话里的意思，距离其实只是个借口，有了物质保证，跨越两岸，婚姻也可以是有口皆碑的浪漫。他想了一下说：“我可以转行。”

“现在找工作很难，有个稳定的工作就很不错了，再说满大街都是本科生，研究生也不稀奇了，跳槽之后混不好，再后悔莫及，我们家叶子不能这么连累你。”

回去后，许瀚跟叶子继续长线联系，每天给她打一个电话，发五到十条短信，每晚说晚安，每天早晨叫她起床。这样坚持下来，又过了两年。

之后没过两年，许瀚从教师岗位离职了，去电视台应聘，当了一个编外的打杂人员，每天都很忙，他埋头苦干，自学了包括摄影在内的几乎所有行当，俨然成为了综合性人才。

叶子的父母还在坚决地反对二人交往，借口依然是“距离”。

为了拉近两人的距离，许瀚就接连不断地辞职。先后来到苏州、成都、四川、安徽、重庆、西昌、昆明、北京……最近的距离是大理，他跟她几乎只隔着两条马路。

他在那些单位里，闷不吭声、埋头苦干犹如一头老黄牛。好多次默默帮助别人，不求回报；好多次肝胆相照、义薄云天，换得掌声一片；好多次业绩第一，年终奖励，非他莫属。

然而不停换工作的人，总会给人不够踏实、痴心妄想的感觉。就连在单位里得到过他的帮助的人，知晓他这个秘密后也都对他“另眼相看”。

好几次可以升职的机会，都因为这个理由，让许瀚遗憾而归。

同样，叶子的父母也以“动荡不安”来形容许瀚的遭遇，认为他给不了女儿安全感，从中不断阻挠。这让许瀚铆足了劲儿要证明给他们看，而叶子则渐渐地选择了放弃。

许瀚失魂落魄地回到北京，继续每天给她打电话、发短信，这么疯狂的举动，一干又是两年。

他固执地相信，叶子总有一天会离开别的男人。

直到两人相识的第九年，叶子来到苏北找他。

当时他在唱吧录歌，有人给他评论，他第一眼感觉是她，悸动依旧。

后来他们见面了，冬天乌黑的午后飘着零碎的细雪，街道两旁的路灯渐渐地明亮起来，将漫天飞雪反射到彼此的眼眸里。许瀚问叶子：“那些歌是你点评的吧？”

叶子点头：“是，我结婚了，可是我依然想你。”

多年前那个回眸一笑百媚生的女孩，一晃又出现在了眼前，只是不再真实。她眼角有泪痕，斑驳而凝重。

3

良宵苦被睡相谩，猎猎西风测测寒。

许瀚将叶子带回家，只说是朋友。父母并不大高兴，但依然保持着该有的礼节，私下里却悄声嘱咐许瀚：“瀚儿，爸妈就你一个儿子，如果你不幸福适当的时候要学会放手，对自己对别人都好。”

坐在不远处的叶子并不是没有听见，她觉得她应该找个借口离开。

叶子没等留下吃饭，找个借口起身告辞了。

许瀚追出去，父母在后面喊：“跟她把话说清楚！”他们怎么会不知道，儿子因为这个姑娘纠结、痛苦、自卑、折腾了多少年？

许瀚追上叶子，两人都沉默了。太多往事，来不及追溯，也无法扭转了。岁月就是这点坏，不给人回头后悔的余地，只徒增遗憾。

“许瀚，看来我们真的回不去了，你别再等我了。”许久以后，叶子对他说。

许瀚心想，他也不想再等了，可是除了她，他这辈子或许不会爱了。他也曾尝试忘记她，可是他做不到，所以才会把所有力气都花在创业、拼搏上，当他听到她说还想他时，他再一次看清了自己的心。

可是，他也意识到了他们之间存在的现实问题，他反而犹豫了。

“许瀚，你笑容没怎么改变，只是多了点曾经沧海的味道。”

叶子回头来吻他，许瀚一个闪身，躲过去了。

只是一刹那，许瀚的本能反应，连他自己都吃惊。叶子更是目瞪口呆，半天再也无话。

曾经，他反反复复地回忆着过去，如同梦魇，而此刻那么真实，他却闪躲起来。他意识到，心里的那个结，终于还是打开了。

叶子说不清什么感受，这样又算什么？是该开心还是难过？这般境地，进退仿佛都不够完美。在这段感情里，自己曾经是骄傲的那一方，可现在却换作自己忘不掉了，记忆像野草，疯狂地吞噬着她。

回去后，叶子跟老公吵架，无理取闹，得理不饶人。连一向耐心的婆婆也忍不住表达不满，于是婆媳关系开始鸡飞狗跳，夫妻关系也因此形同水火，儿子对妈妈也无可奈何。

好友的酒吧开业典礼，许瀚被请去为之剪彩。一整天忙完，晚间同好友两人窝在沙发上喝得酩酊大醉。

“许瀚，我赶明儿给你介绍几个妞，个个都活泼可爱，学历也不低，漂亮清纯，专治你的各种想不开。

“许瀚，你脱轨的人生如同出轨的列车，死路一条，哥们儿我看着心疼。

“许瀚，十年前的你只是在跟自己开启幼稚的角力，你爱的不是她，你就是不愿意承认失败罢了！”

……

喝醉酒了的人，才会肆无忌惮地说出那么多真心话吧？许瀚默默地听着，也许他说得对，是自己一直不肯承认，谁知道呢？

许瀚在微弱的灯光下哼起一首歌：

曾梦想仗剑走天涯，看一看世界的繁华，年少的心总有些轻狂，如今你四海为家。

曾让你心疼的姑娘，如今已悄然无踪影，爱情总让你渴望又感到烦恼，曾让你遍体鳞伤，走在勇往直前的道路上，有难过也有精彩，每一次难过的时候，就独自去看看大海。

总想起身边走在路上的朋友，有多少正在疗伤，不知多少孤独的夜晚，从昨夜酒醉醒来。

经历了人生百态、世间的冷暖，这笑容温暖纯真——

叶子追到酒吧时，许瀚已经喝得不省人事，可是这位朋友还清醒。他代替许瀚对叶子说：“Game over，好吗？”

晨光微亮，酒醒的时刻，许瀚捧了把凉水洗了脸，冰冷的感觉顿时让他打了个激灵，镜子里的那个人，又恢复了往日坚毅的神色。

许瀚的手机响了，电话里合作的那个演员激动万分地告诉他，新片上映才三天，票房已经过亿了。

许瀚微微一笑，谁说悲伤的爱情不是一首歌呢？

今天外面的阳光很暖，太阳刚露出头，一天才刚开始呢！

第三章

过去已过，未来未知，唯当下可握

CHAPTER 03

谁不曾
爱过个把人渣

感谢他让自己学会放手，学会成全，
学会如何千辛万苦地长大，然后收获属于自己的奖牌——
她已经明白，没有爱情，人生一样可以很美丽。

人生的莫大悲哀在于，你诚心以待，却换不来真心。

你越是试图挽留，他走得便越远。到最后你不得不承认，你看上的，不过是内心期许的那个人的幻影，真实的他，冷酷如冬日的冰，刺得人眼睛生疼。

无论你怎样努力，你改变不了他，也扭转不了他，距离只会越来越远，他的无情与冷漠，让你意识到自己是多么固执和可笑。

他若是人渣，你就是那个执着地爱着人渣、纵容他成为人渣的傻瓜。

1

这是一个真实的故事，故事的主角叫青紫。

八年前的北京，正要举行奥运会，开朗少女青紫应景地提前给自己放一个假，拿出积攒一年的工资，去北京好好玩了一趟。

那时候，北京的夜晚到处灯火辉煌、热闹非凡，青紫到北京的时间是晚上九点半，还没来得及预订房间。人太多房间也开始涨价。直到近十点，青紫还没找到落脚点。

十点五十分，青紫在路边累得气喘吁吁，脚后跟已经起了大水泡，疼得走不动，于是她蹲在马路边，暗暗自责：这次怎么就这么冲动，N次独自旅行，第一次像个乞丐一样无处投身。

刘先生大青紫四五岁，总是喜欢“倚老卖老”，总认为他是老年人，而青紫是小青年。记得他们第一次见面时，他问过青紫的年纪后，张口来一句：“哦，年轻得很呢！”

青紫反问他，得知他只不过大她五岁而已，立即反驳道：“你也不大，我们是同龄人！”

在青紫的世界里，年龄差不到十岁以上，都是同龄人。年龄是个什么东西，它不过是岁月的证明，证明时间会流逝，仅此而已。一个人的年龄跟成熟度不一定成正比，决定一个人是否成熟的，不是岁月，而是阅历。

但刘先生显然不认可青紫的话，他依旧对她“倚老卖老”。此时，他笑呵呵地问：“怎么会这么巧？你也过来凑热闹？”

青紫点点头，说：“刘先生，你是过来参加采访纪实的吧？”因为，他采访过她的偶像杨绛。

刘先生回答她：“我过来开个会，然后开始在鲁院学习。”

“学习？”青紫扫了他一眼，狐疑地问。

他很淡定地说：“温故而知新。”

青紫眨巴着一双大眼睛，什么意思？难道真有代沟？

2

后来，青紫知道，刘先生嘴里的那个“故”，是一个叫“藤子”的云南姑娘，中文系研究生兼文学硕士，跟刘先生一样。

刘先生认识并爱上了藤子姑娘，缘于她同学那里有她的一张照片。而她同学也是刘先生的同学。

刘先生对着那张照片发了呆，确定心里喜欢上这个笑容灿烂的姑娘，便追问同学关于这个女孩的一切，越详尽越好。

电话号码很轻易要到手了，刘先生开始每天夺命call。那个年代电话费还很贵，对于刘先生来说，每月几百块的生活费除去吃饭外，已经捉襟见肘，更不要说打长途电话了。

认识藤子后，刘先生的开销基本都花在这上面了。一百块吃饭，四百块话费。

后来实在没办法，他跑到网吧上QQ同她聊天，每晚坚持，每天穷追猛打，不厌其烦聊到深夜11点。她对他有个命令：必须她说了晚安后，他才能下线、离开，回去睡觉。

爱情是悬崖上的一朵花，因为在边缘上，更容易经历风吹雨打，而想摘下它，就必须拿出足够的勇气。

认识藤子之前，刘先生有过一段不算刻骨铭心，但伤得颇深的感情。那个女孩是他的高中同学，主动追他，家境好，父亲是刘先生单位的领导，两个人很快发生关系，同居了。

但后来，女方要求婚房买在自己家附近，方便将来有孩子了父母可以照顾。刘先生家里穷，观念保守，认为买房子靠近女方家，有上门女婿的嫌疑，死活不肯，必须要回老家农村住。两家僵持不下，女方又不幸怀孕，更加不愿意妥协。刘先生两头为难，就在外面租了房子，女方又气又恨，两人最后一拍两散。刘先生赔了三万块，还是到处东拼西凑借来的，全家因此沮丧了好一阵子。

基于此，刘先生对藤子格外珍惜，千万个小心翼翼、呵护备至，对待恋情就像对待怀里的婴儿，疼得可以腻翻天。

藤子不是简单人物，精明得很。她对男人很有手段，培养一个好男人，就要从恋爱时做起，步步为营，让他被蚕食般学会听话、顺从，潜移默化地搞游击战术，男人一旦被驯服，婚后吵架也可以理直气壮。

当然，结婚对于藤子来说还是很遥远的事情。眼下，她考虑的是毕业后的工作问题。

两人恋爱谈了半年，只能算网恋。到现在还没见过呢。

聊天的过程中，藤子常常犯困，动不动就睡着了。刘先生温顺得很，她不发话，他不敢下线，坐在那里呆呆地等她回复。等半天，不见动静，心里想她是不是又睡着了？但是又不敢贸然打电话过去，怕万一她真的睡着了吵醒她。刘先生对爱情卑躬屈膝，藤子就越来越自信，然后安然接受。

3

青紫陪同刘先生在北京待了两个月。他学习，她到处逛，以至后来鲁院的人都以为她是他的女朋友。

刘先生习惯了青紫的好，也渐渐不在乎她的感受。青紫最介意的就是那个云南姑娘。他的钱包里一直留着藤子的照片。

爱情里一方需要卑躬屈膝被人踩在脚下，长时间以来真的有伤自尊。他曾尽心尽力地为云南姑娘谋职业，希望一毕业两人就一起去同一家单位，连所有手续都准备好了，她不吭声，拍拍屁股走人了。

这事让刘先生心凉，往后六年时间都没敢再谈恋爱。

刘先生第一次遇到青紫时，青紫长发飘飘，气质优雅古典，皮肤白皙，身材纤细，五官精致，美好得不可方物。他对她一见钟情。

青紫以为自己很懂他目光里的温柔，她私自认为男人只有对心仪的猎物，才会收敛起那肆无忌惮的欣赏和玩味，而只会变得一本正经、温柔有加。

但他却不想再像之前一样疯狂追逐，迅速结束。

4

刘先生追求得不温不火，他请她吃面条，原因是他自己爱吃；他请她下馆子，那是唯一的一次。他强调，这是他头一次请人，以往都是别人请他；他去登长城，她扭伤了脚，他怪她穿三厘米高的高跟鞋；他写稿子，她送过来一杯咖啡，他说他喜欢喝茶；她爱喝奶茶，他说那玩意喝多了伤身体，他从来不给她买；她听刘若英的歌，给他讲奶茶爱上陈升的故事，她讲得绘声绘色，把自己感动哭了，他淡淡一笑：那些都过去了，人总是会长大的，你看我现在不是很后悔当年每月浪费掉那四百块钱吗？

人长大了，就不要太在意爱情。真的，它不是生活的全部，它只是枯燥生活的调剂品。没有它，生活依然可以继续。

刘先生把所有的精力都用在写作上。他的好作品源源不断地涌现，发表的作品不计其数。在老师面前，他是前途一片大好的好学生。

但是，无论是什么样的刘先生，青紫都爱，且爱得死去活来。

一起逛街，刘先生眼里盯着的全是书，忘了身边的女孩也想打扮一下，也渴望有人送她一套化妆品。

过年的时候，刘先生脑洞大开，终于开窍了一次。买了一支珊瑚红的口红送给她，亲自帮她涂抹。

在漫天烟花下，在热闹的广场上，在如水的夜色里，刘先生吻了青紫。这一吻真是等得太久，她彻底被他征服，再也离不开他。

两人计划同居，先要孩子再结婚。刘先生说，他父母喜欢抱孩子，无论男孩女孩，最好是男孩，这样他好回家给父母交代，赶紧结婚。

哪个女人不希望嫁给爱慕的男子？除非她是傻瓜，或者根本就不爱这个男人。青紫很高兴。

二话不说两人就买来许多家居用品，时刻为试婚生活做准备。

哪知道，爱情就是一场邂逅的盛景，褪色之后，只剩苍凉。她爱情里的天敌出现了。

5

一位叫凤凰的女孩找到她，凶神恶煞地警告她，离她的老公远一点，否则叫她臭名昭著！

青紫想反问，这话更适合谁呢？

青紫到底不忍心揭穿他，不忍心责备他，不忍心逼迫他，收拾好东西，庆幸还没酿成苦果，二话不说，转身走了。

他如同逃兵，再没有勇气面对她。她忍了两个月，等待他的解释，哪怕只有一句话，他只要说，她就立马释然，并送上祝福。她保证，她绝不打扰他们，绝不怪罪他！可是他没有。

他消失得无影无踪。她数次到他住的地方徘徊，但她找不到他的身影。连影子都没了，大门永远紧锁着。

她知道他在躲她，她还爱他，还希望他同她说爱她。

她控制不住，她去找他。在县城街角的咖啡店，终于见到了久违的他。

他身边有个男同事，她走到他面前，以猝不及防的幽怨眼神，冷静万分地望着他。她凝视他，心像被人揉碎了，然后狠命地踩。

时间凝固了，呼吸急促，他的脸色变得铁青。

他骗了她！给了她一个晴天霹雳而且连半句解释都没有！

现在，他逃跑了，来到这鸟不拉屎的县城，过属于他的二人生活，彻底远离了自己。青紫想笑，又笑不出来。想哭，眼泪已经干涸。

“我只想问你一个问题。”她顿了顿。她想告诉他，她过来，其实就只想问他一个问题：“刘，你爱过我吗？”

死心眼的女人不都如此吗？爱情碎了，还在不甘心地妄想，不到撕破脸，不鲜血淋漓，永远不肯轻易放手。宁可自欺，也不要面对现实！

男人却永远都是善于躲藏的恋爱高手，他们才不屑跟你讲清楚，离开了，疏离了，这样的道理还不懂？还要什么解释？

她故意吓他：“我们重新开始好不好？你不要离开我，我也是离不开你的。”

他恼怒万分：“你以后不要再来打扰我的生活！”

打扰？呵呵，究竟是谁打扰了谁呢？再见！刘先生！再见！狗屁爱情！再见！满嘴谎言的高手！

6

和寂寞对话整整四年，万般凄苦更无人诉。青紫破茧成蝶，她出了书，成了名副其实的年轻作家。再见面，她已经可以同他平起平坐。

再回首，想当年，他是高高在上的偶像，她是在爱情里低到尘埃的小粉丝。他的一言一行，她深信不疑，她一颦一笑，他痴痴爱恋。

如今，过去的，早就过去了，痛苦跟快乐是一对儿相辅相成的好兄弟。奈何桥下的莲花，见证谁跟谁的两世繁华。她死过一次了，就再也不惧怕，一切的一切。

没有眼泪，没有抱怨，没有纠缠，生活猝不及防，故事精彩万分，人跟人之间也无须撕下面具，两败俱伤的结局不怎么好，道一声珍重，说一声再见，你有你的方式，我有我的梦。再回首，告诉自己，爱过一个人渣，不过，他教会自己长大。

没什么大不了，爱过就已足够美好，感谢缘分曾让我们相守相聚，也曾让自己为爱停驻，只不过分手之后也有彩虹，他有他的无奈，我有我的精彩。

感谢他让自己学会放手，学会成全，学会如何千辛万苦地长大，然后收获属于自己的奖牌——她已经明白，没有爱情，人生一样可以很美丽。

刘先生，也许你不爱她，也许你有许多无奈，也许你很爱她，也许你只是一时空虚无聊，太多的也许，希望有个人让你温柔以待，用她来成全你的梦想，可你真的明白爱是什么吗？

我不恨你，但也不会原谅你

人生如戏，岁月苍狗，错错对对，恩恩怨怨，
终不过是该记住的记住，该坚守的坚守。落子无悔，去弦吐箭。

1

米姐打来电话，以一贯的方式直截了当地说："最近想跳槽吗？"

于娜立即会意，想了想，果断地说："工资要够还得起每月房贷，然后足够吃饭、开车、人情往来，还有以备不测的打针吃药钱。"

"好，成交。"米姐说，"明天就过来上班，我需要一个战友加助手。带上录音笔，最好把自己打扮得妖娆一点。"

于娜跟米姐认识多年，相交甚深，默契十足。米姐是报社的头儿，一个疯狂的捕捉新闻的猎头。于娜是十足的疯子，分

分钟想钱的那种，为了赚钱，什么事都干得出来。

没跟米姐之前，于娜干了十几份工作，自然也跳了十几个单位，每一次跳槽，目的只有一个，现在的这个工资比上一个高。

于娜是出名的跳槽王。“跳第十一份工作，收。”每跳一家都给米姐报到一次。于娜说得欢欣，其实米姐心里明白得很，也不全是她在跳，有时候是别人在炒。有一家炒过她鱿鱼，就会有第二家、第三家、第四家。

自打家里出事，于娜所受待遇，天上地狱。米姐不揭穿她，好姐妹的存在是帮她找到最适合的那个自己，然后活出精彩。

2

于娜穿低胸吊带，外面套桃红色针织开衫，下面是一条超短裙，脚上踩着十几公分的恨天高，一双大长腿，走起路来屁股扭得很，嘴唇是大红色，头发做成长卷，戴上墨镜，挎上LV小包，招摇过市的样子引起路人纷纷驻足观望。

米姐要的就是这个范儿，所以她很满意，嘴角上翘，坐在车里打电话给于娜：“很好，大鱼肯定能上钩，就在你右前方，穿格子衬衫那个，走过去，撞他一下。”

于娜收了电话，假装的笑容依然没有收拢，摇摇摆摆地往胖子身上撞了一下，直奔胸怀。穿格子衬衫的男人脸上有轻度的笑意，故作正经地问她：“小姐，你喝醉了？”

于娜回道：“谁小姐啊？你媳妇、你老婆、你妈、你大姨妈才小姐呢！你全家都是小姐！”

疯言疯语，穿着暴露，打扮得花枝招展，泼辣无比，不是小姐难道是良妇?

胖男人摆出好脾气，说：“许多人看着你呢，这样，你住哪里，我先送你回去吧。”

于娜假装感激，从包里拿出准备好的名片，递过去，说：“这个地儿。”

钻进胖男人的车子，一路开溜到了家，胖男人替她打开房门，于娜趁胖男人不注意时打电话：“复兴路22号4楼504，快点。”

于娜换上拖鞋，准备拖延时间。十分钟后，一碗面刚泡好吃完，男人从包里拿给她一种饮料。

于娜问：“这是什么东西？好喝吗？”

胖男人说：“你一喝就知道了，好喝得很。”

于娜借故拉肚子，呕吐，往卫生间跑去。

于娜在卫生间里喊道：“口渴，给我一杯水。”她从门缝处接过刚才那瓶水，马上打开盖，将水倒进另一个杯子里，接了凉水，咕噜咕噜一口气喝了半瓶，然后把瓶子从门缝扔出去，说：“把我的睡衣帮我拿过来，我要先洗个澡。”

没几分钟，扑通一声倒下，胖男人把她背出去，放到床上，解开她上衣的纽扣，正要动手的时候，几个警察突然冲进来，一下擒住了两人。

3

于娜以身试险，新闻稿写得栩栩如生，米姐非常满意，第二天关于本城最大的一起迷魂药陷害女性准备先奸后杀的大新闻盘踞报刊头条，连续一个月引起社会巨大轰动。

干完这个，于娜有了一笔不错的收入。然后，踩恨天高跑酒吧卖唱继续赚外快。

于娜唱：“海阔天空，在勇敢以后。要拿执着，将命运的锁打破。冷漠的人，谢谢你们曾经看轻我，让我不低头，更精彩地活——”

每晚唱三支曲子，这首是必唱的，无一例外。下面的听客早就习惯了。

2013年，有个人因为欠了一笔巨债，可怜巴巴地对她说：“于娜，能不能借我一笔钱？”

她把房子卖了，刚要卖车子的时候，她父亲出事了。

相恋五年，一千八百多个日日夜夜，她没料到他山穷水尽的时刻，第一个算盘打在她头上。

他叫江风，在她父亲单位上班，是这个集团的未来接班人，只可惜，他利用了他们对他的信赖，自作聪明地盗取了公司的机密，送给了对手，获得了丰厚的报酬。

而结果是，在那次股东大会上，于娜父亲受到弹劾，深受打击，心脏病发，驾鹤而去。

一辈子打拼下来的公司，瞬间让别人接手。于娜一夕之间从千金大小姐，沦落为街头的乞丐。

那时候她才大学毕业，家族企业还没踏进一只脚，就被赶了出来。

落难的人看待社会的眼光总是与众不同的，因为人只有处于卑微地位，才可以有幸看得更加清楚。

于娜渐渐习惯了别人的冷眼与无情。也是，她凭什么要求别人可怜同情她？比起盲人、瘸子来说，她幸福多了。

于娜变得有些玩世不恭，拜金女形象深入人心。可是，谁都明白，她是自力更生的拜金女。至于玩世不恭，大抵有一种“沧海一声笑，滔滔两岸潮，浮沉随浪记今朝，苍天笑，纷纷世上潮，谁负谁胜出天知晓”的味道。

4

2008年，于娜问江风："你要考哪个学校？"

江风随口说了一个顶好的，于娜就没日没夜地学习、做习题、上辅导班。结果高考发挥超常，考出高于录取分数线一百多分的好成绩。

2009年，江风考上了北方的一所三本职业院校，学食品监督，学校的地点在一处偏僻的郊区。于娜得知后，果断放弃南方的著名大学，背起包一个人坐火车来到这严寒无比的城市。

那时候是秋天，天气寒凉，她找到他的时候却是满身大汗。天空又下了一场雨，她一副落汤鸡的模样问他："你为什么故意告诉我错误的地址？"

江风淡淡地回答她："我不想让你怜悯我。"

于娜被堵了一下，又找不出反驳他的理由。是怜悯吗？

"你不要跑到这里来，赶紧回去吧。"江风甩下这句话，并不愿意照顾远道而来的她。

于娜黏着他，直到他很不耐烦地帮她找了家环境很简陋的小旅社。

后来于娜千方百计地转到了距离他最近的一所学校，不过即便如此，她每次过来，都要坐两个多小时的大巴车。

再后来，江风带着一个短发的彪悍女孩告诉于娜："她是我女朋友，你以后不要再来找我了。”

于娜没死心，后来遭到那个女孩一顿毒打，直到现在，于娜耳朵都有些失聪，就是那时候落下的。但她没跟江风说过。

“那女的就一小太妹，她配不上你。”于娜对江风说的最多的就是这句话。

2013年，江风回到自己的家乡，于娜与他同行，他们住在同一座城市，那个短发女子留在了那个郊区。

于娜把江风介绍到了父亲的公司里。

江风工作勤奋、努力，很快博得了于娜父亲的赏识，能吃苦的孩子，学历可以忽略不计。

但，于家人不晓得，这个未来女婿在职业学校读书的时候，染上了赌博的恶习。欠债的时候，所有情感都可以抛到脑后。

5

有人给于娜送来999朵红色玫瑰花，米姐问她是不是有人追，快三十的人了，该为自己的未来考虑一下了。

于娜感激米姐的语重心长，不过她猜不到送花的人是谁。

连续一周，每天都是同样的内容，于娜办公室里香气扑鼻。

于娜等着那个神秘人现身。

一周后，一封信随着鲜花一起被人送过来，信上写：可不可以从头开始？

江风终于约了于娜见面，在湖边的一处凉亭，安静的氛围，美好的景色。江风双膝下跪，目光灼灼，他说："你父亲的事，我真的很抱歉。这么多年我一直无颜面对你。能不能原谅我？从今以后让我来照顾你，不要再冒险，不要再拿自己的名誉和生命开玩笑，你的玩笑开得越大，我内心越不安。"

父亲去世后，江风消失得无影无踪，她给他打了无数个电话，他从来不接，再后来，他连手机号都换了。他害怕于娜报警，抓他这个商业间谍。但是她没有，她只是想当面问清楚。他连这样的机会都没给过她。

三年过去了，她混得不算差，但也有些潦倒，东奔西跑、忙碌无比的生活，比起当初衣来伸手饭来张口的大小姐生活，自然不能同日而语。

人的心境会随着境遇的变化而发生翻天覆地的改变。曾经于娜无数次想再见时伸手给他几个巴掌，不过现在，她心平气和，一言不发。或许人在感到最悲哀的时候只有沉默。

他给她所在的报社投了几十万的广告费，通过这样做来赎罪；他以她的名义买了一栋别墅赠送给她，她断然拒绝；他拉拢米姐，让米姐当说客，希望她能原谅他，而她就让米姐闭嘴，差点和米姐闹掰，离开报社。

如果连父亲去世这样的事情都可以忘掉，那么生命中还有什么是不能忘掉的？我不恨你，但是我也不可能原谅你。不去报复你，已经是最大的忍耐。许多人让我们学会宽容，不过多数人都不是当事人，说话很容易，行动却很难。于娜想。

6

承认错误就要被原谅？你不知道，有时，一次背叛就足够扎根心底一生一世。

每次有冒险的卧底暗访，于娜都第一个冲上去。有几回被警觉的犯罪分子事后察觉，一群人围堵了她的面包车，拿斧头、铁锨砸她的车，她躲在车里一边打电话报警，一边举起相机录像。

疯狂而勇敢的于娜上了电视，有个一腔正义感的新闻主持人对她一见钟情。他约她登山、吃饭、看电影。

相处仅仅四个月，他正式向她求婚。

于娜接受了，婚礼办得简单。婚后于娜继续跑新闻，再也没换过工作。在她的努力下，一桩桩无法无天的案件被媒体曝光，百姓受益，她也从助理变成了主任编辑。

人生如戏，岁月苍狗，错错对对，恩恩怨怨，终不过是该记住的记住，该坚守的坚守。落子无悔，去弦吐箭。

笔落惊风雨，新闻泣鬼神，对于娜来说，这就是人生最大的意义。

熟龄却天真，才是最好的状态

做最善良的自己，拿温柔拥抱这个世界，
也做唯一的自己，活得漂亮，长得漂亮，同时也知道心灵美才最重要。
该出手的时刻，不冷眼旁观；该释然的时刻，不问那么多，
以物致心，做自己生活的粉丝，哪怕没一个观众。
人生复杂，你要学会简单；人生困惑，你要学会接受；
人生不圆满，你要学会坦荡。让最好的生活从简单开始，
在成熟的年纪，不要忘记曾经简单的自己。

1

覃辉经人介绍，认识闵佳，第一次见面，闵佳出众的气质让他过目不忘。闵佳自带众星捧月的魅力，俊眼修眉，眼波流转间神采奕奕，非常引人注目，却又淡然得很，笃定得如同在内心修篱种菊。那种不事张扬，坐看云起，采菊东篱下，悠然见南山的恬淡，让覃辉决定再次约她出来吃饭。

这一次，覃辉发现闵佳爱笑，笑起来的样子很纯真，像二十岁刚出头的年轻人。但他心里很明白，介绍人说过，闵佳

已经三十岁了。三十岁的女人应该是什么样子？就算不世故、老成，至少也不那么简单幼稚了。但覃辉整晚下来只有一个最深刻的印象，闵佳确实像个天真的孩子，尤其是那种笑，完全与世无争、毫无污染。

覃辉给朋友沈鑫名打电话："你说这样的女子是缺心眼，还是可爱简单？"

"你觉得呢？"沈鑫名很果断地反问他，"难道你喜欢老谋深算、城府极深的女人？"

覃辉想了想，也对。女人还是简单、纯净一点比较好。

覃辉给闵佳发短信，他问她："你这辈子最痛苦的事和最快乐的事是什么？"

闵佳看到他的短信时已经是深夜十二点多，她不晓得他此时有没有睡觉，回复过去怕吵醒他，不回复又怕他等得急。

闵佳想了想，等得急是一种可以忍受的状态，打扰他睡觉却是一种毫无礼节的过错。

次日早晨八点多她才给他回了话："最快乐的事是遇见另一个自己，最痛苦的事是有时候往往做不了自己。"

覃辉学理工科的，头脑一向机器化，分析来分析去，不晓得这话到底什么含意，再次给朋友打电话："嗨，学哲学的，你告诉我，一个人最快乐的事是遇见另一个自己，最痛苦的事是做不了自己。这句话到底什么意思？我怎么感觉很矛盾？”

学哲学的沈鑫名想了想，忽然惊异地问：“这话谁说的？能把这人介绍给我认识一下吗？”

覃辉直接在电话里开骂：“好友之妻不可欺的道理不明白？真是欠揍！”

凭良心讲，覃辉虽然不太懂，却感觉这个女孩，确切地说，这个女人，是一个良善的人。

2

周末，覃辉约闵佳一起出外野游。地点是距离市中心颇远的郊区。听说那里的油菜花已经花开遍地、香气扑鼻，满眼望去金灿灿一片。

美景旁边就可以搭棚烧烤。

他们原本想要开车过来，闵佳突然闪过一个念头：“好多年没坐大巴车了——”一句话让覃辉放弃大奔，改成一起坐大巴了。

车里吵吵嚷嚷，有人操着一口外地口音，有人满嘴脏话，还有的一路大声说笑，一秒钟也未间断。整个车厢的氛围就是一口大杂烩，一般人吃不消。

为了多拉客，负责收钱的那个人已经让车里挤满了人，没座位的人都站着，挤得密不透风，有点让人喘不过气来。

好在闵佳在覃辉的陪同下，一早有了座位，不用站得那么难受。旁边却站着一位老人，看上去六七十岁，头发已然花白，被人群挤来挤去，嘴里时不时骂上一句。

闵佳慌忙站起身给老人让座。老人没有说什么便坐下来了。

下了车，覃辉问她：“那种成天骂街倚老卖老的人，你干吗理睬他？现在新闻里到处都是老年人讹人的事。”

闵佳面露不悦，她没想到外表俊朗而阳光的覃辉会是这种心思。两人的价值观似乎有点不同。闵佳说：“不能以点带面。也有人真的撞上了，恶意制造出老人碰瓷的新闻，前段时间有个大学生就这么做的。我们年轻人要做的事，始终是敬老爱老，因为我们都有老去的那一天，这也是我们应该遵守的道德法则。社会不能太冷漠，如果连冷漠都成了一种可以被理解、被接受的习惯，那么我们难道不觉得羞愧吗？”

覃辉注意到闵佳说这些话的时候是一本正经的，非常严肃，语气也不容置疑。他脑海里翻江倒海般想到过去的一个恋人，那个女孩曾说过“不是老人变坏，而是坏人变老，所以，对待坏的老人，根本无须理睬”。

覃辉内心受了些震撼，相比之下，忽地觉得面前这个三十岁大龄女青年，心思单纯得如同十几岁的孩子。在某些方面，她的成熟度跟年纪根本不成正比，并且比不上他曾经的那个女朋友。

当晚，覃辉把闵佳让座的这件事说给沈鑫名听，沈鑫名莫测高深，不发表半句言论。之后长叹一声："千江有水千江月，万里无云万里天。"

3

覃辉再次约闵佳是在闵佳小区的门口。他开车到门外，把车窗摇下来，打算给她来个惊喜，不想，反而是她惊到了他！

覃辉听到熟悉的女声，循声望去，闵佳正叉着腰气势凌人地同门卫吵架。

覃辉打电话的手停在了半空中，一时愣了。

闵佳？那真的是恬淡、优雅的闵佳？

闵佳同门卫吵得很激烈，面红耳赤，并且声音高出平时十几分贝，像一头发怒的狮子。

覃辉自认，跟门卫这等小人物吵架，实在太丢面子。但他不明白聪慧冷静的闵佳，怎么会控制不住自己的情绪。

覃辉装作没看见，开着车一溜烟儿走了。刚回去就急不可耐地把这事全盘告诉了沈鑫名，他问："难道果真是真人不露相，露相非真人？"

傍晚，闵佳伸伸懒腰，把吵架的愤怒全部写在纸上，投了新闻稿，静待编辑回话。除此之外，她也不晓得该如何处理这件事，只觉得满腔怒火。

过了一周，一向黏人的覃辉都没再搭理她，闵佳拨了他的号，愣愣地发了会儿呆，又把那号码给删了。

有个陌生人加她微信好友，闵佳想了想，同意了。

那人说："你有点与众不同，你熟龄又天真。"

闵佳心里一惊，这是个了解她的人？

"你是谁？"她问，"我们认识吗？"

"你愿意出来聊聊，做个朋友，我们不就认识了吗？"

4

傍晚的风有点凉，如同这夜色。十八层的高楼上，闵佳同沈鑫名盘腿坐在顶层，风从耳边刮过，很惬意。

凉风好像一下子赶走了一夏的燥热，此时的人们，心情平缓得如同一条静默无语的小溪。两个人聊了五个多小时，天色黑了，人也安静了下来。

沈鑫名不动声色地拿眼角瞥闵佳，她瘦小的身体，长及腰间的黑发，坚毅的轮廓，一半明媚一半忧伤的神情，他看得有些醉，有上前捋一捋她长发的冲动。

“吃点饭去吧？”他小心翼翼地说，“报社不给刊登那个文，也没什么好沮丧的。天下比这大的事还有许多，许多事情我们也管不了。”

闵佳忽地莞尔一笑，浮云望眼，哪堪被遮？心似澄水，素衫也绝美。她站起身说：“好啊，大吃一顿。”

两个人来到一家很不错的餐馆，点了八道菜，花光了几个月剩下来的工资，狼吞虎咽，没多久就吃光了桌上所有的东西。

沈鑫名瞄着闵佳，她的吃相可谓潇洒，完全看不出刚刚还在哭泣的样子。这是什么样的性情？难道不是一个成熟人对于这个社会所做出的最友好而纯真的回馈吗？

灯光朦朦胧胧，皮肤白皙的女子温暖如春，让人心旷神怡。

没有阴暗，如果你将世界当作太阳般温暖；没有痛苦，如果你把每一次经历都珍视总结；没有为难，如果你愿意敞开胸怀给自己一个拥抱。当你用心以待所有的不满、不快，仍得不到期待中的回报，其实也不用持续悲伤，因为爱生活的人，懂得爱惜自己。

在这一天，沈鑫名心里驻扎了一个女子，他知道在她很小的时候，父母离异，她跟着父亲长大，没多久，父亲另娶，那继母时不时趁人不防给她几巴掌。年幼时，她不懂还手，还以为继母不高兴了，她还上前抚慰、心疼。长大后明白是怎么一回事，她试图去体谅，却发觉有些关系根深蒂固，不是同一种血液，演绎不了温暖的情愫。

于是，她学会了自力更生。自己努力赚钱，自己买房、买车，自己交学费，自己做慈善，自己的生活一样非常精彩，热腾得如同春风吹又生的野草。在夕阳下，她用力地奔跑。她要过得很好，才对得起母亲带给她这一条鲜活的生命。

工作后，她先后跳过几个单位，倒不是混不下去，是为更接近自己的理想。不明真相的人背后议论她，说她肯定是被人炒鱿鱼，她装作没听见，一笑置之。

再后来，凭借自身的努力，她终于找到了最适合的工作，每月的薪水是原来的三倍。每天忙忙碌碌，但日子充实，在高大上的环境下，学了更多的知识，让自己视野开阔，思维缜密，认识的人也越来越多，甩原来的生活几十条街。

她没在乎过别人的议论，每逢偶遇熟人，总是主动打招呼，因此有人认为她傻，好像万事看不穿。其实她心里如明镜一般，她看得透，但不会说穿，在她看来，这是做人最起码的涵养。生活给予她什么不重要，重要的是，她愿意拿什么样的心情对待它。

她有个座右铭：“无论经历过什么，都要保持一颗纯净的心。”从她的笑容里，几乎没人看得出那千回百转的故事，还有那糟糕的身世。因为她总是那么爱笑，笑起来的样子优雅又恬淡，好像她的人生从来都是一帆风顺、平静无波的。

5

闵佳第一次主动约覃辉出来吃饭，覃辉以为多日不见，闵佳想他了，舍不得他这位多金又帅气的富二代。但是闵佳说出来的话让他彻底眩晕甚至气结了。

她说：“我只是欠了你几顿饭，需要礼尚往来。”

就是这么坦荡，就是这么天真的回答。“想知道我为什么跟门卫吵架吗？”她说，“那天下大雨，你坐在车里自然感受不到。小区邻居的孩子发高烧，家人刚从医院把她抱回家。车子准备开到家门口，先把孩子送到家，然后再返回去停在小区门口。但因为没买停车位，门卫死活不让。我站在一边，实在看不下去——

“不管你认为我做得对或不对，我自己觉得对就够了。吵架是一件看上去不太有修养的事情，但有些人，你一忍再忍的话，等于是默认他们的罪恶。其实，我无须跟你解释这么多——那么，再见了。”闵佳不是没看到当时停在一旁的覃辉的车，她看见了，但当着他的面，她还是同别人吵架了。

这就是她，熟龄的女子，天真的样子。

6

虽然这次相亲失败，却意外迎来爱情，沈鑫名猛烈追求她，闵佳知道，用人格吸引来的人，才是这辈子最值得信赖的良人。

种下梧桐树，引得凤凰来。每个优秀的女子都有爱慕和欣赏她的男士，只是时间的问题。

不用刻意去讨好全世界，做最好的自己，才配得上一见钟情。

成熟不是年纪渐长，而是阅历丰厚；不是世故冷漠，而是对这个社会温柔以待，任何时刻都不会放弃对真善美的追求，对良知的交代。

柴米油盐的生活适应自如，深夜敷面膜的惬意也欢喜雀跃，能蓬头垢面地走到市井，也能在受伤之后学会淡然地抽身，能微笑以待周遭的一切，也能执念地同无趣无礼无道德的行为抗争到底。

做最善良的自己，用温柔拥抱这个世界，也做唯一的自己，活得漂亮，长得漂亮，同时也知道心灵美才最重要。

该出手的时刻，不冷眼旁观；该释然的时刻，不问那么多，以物致心，做自己生活的粉丝，哪怕没一个观众。

人生复杂，你要学会简单；人生困惑，你要学会接受；人生不圆满，你要学会坦荡。让最好的生活从简单开始，在成熟的年纪，不要忘记曾经简单的自己。

即使改变不了
世界，也不要被世界改变

生活就是要告诉你，当你改变不了这个世界时，收敛一下自己的脾气。
没有能力去改变世界，那就不要让世界改变你自己。
自己改变了，世界才可能改变。

1

三年前，夏末秋初的一个晚上，秋风卷着落叶飞舞，地面拉出两条很长的影子，肩并着肩，紧紧地挨在一起，但两颗心还隔着千山万水的距离。

那天晚上是林丽硬拉着古华过去看演出的，那是一场大型的现代舞表演，在本城最耀眼的舞台上演出。台下掌声雷动，欢呼声一浪高过一浪。

林丽告诉古华，台上那个正在表演的人是变性人，拥有过非常人所能理解的痛苦经历，他是在许多人的嘲笑与讥讽中一步步完成了今天的蜕变的。从最初的不被理解，到现在的声誉

万丈，该承受的东西，他全承受了，因此，越艰难，越历练。

古华不以为然，一晚上没作声。只在两人路口告别时，他停住脚步，一脸严肃地问林丽：“你做这么多，无非是想让我告诉你关于我的所有故事吧？”

林丽不否认，说：“不论多么不讨人喜欢的工作，一定都会有人干。我的工作就是要对你负责，所以我当然想要你开口说。但如果你不愿意，我也不会勉强你。等到你愿意说的时候，我再来听。”

林丽是斯坦福大学心理学的高才生，警队特聘的心理医生，她并不是黏人的小猫咪，她有足够的涵养和胸襟对待任何一个不打算跟她合作的人。如果，这个人恰好又是她喜欢的那种人，她就更有耐心了。

2

林丽第一次遇到古华，是在警局里。她过来报警。她所住的单元楼，已经死了好几个女人，她们都有一个共同的特点：杀完被放血，衣着整齐，而且屋内有很特殊的香皂味。这种香皂一般超市里买不到。

林丽那时刚做完近视眼手术，眼睛不能见光，每天戴墨镜，只能靠鼻子感受周围的一切。渐渐地，她鼻子变得很灵敏，对香皂的气味很敏感。

她过来报案的理由是，在她看眼睛的医院里，遇到一个使用这种香皂的人——她的医生。

古华望着她，嘴角几乎要成月牙形状了。他没时间听一个瞎子胡说八道，而且这人举报的对象还是好心好意给她做手术的人。

古华下了逐客令，对她说："等你有机会看清楚是谁，长什么样，再来不迟。"

林丽觉得古华对她嗤之以鼻，气愤而起。

当天晚上，林丽楼上一个阔太太以同样的方法被杀。

林丽请求警察24小时保护自己，因为这座楼上上下下，所有年轻的女性里，也没剩下几个了。

古华被派过来，同时住在她家里全方位保护。

林丽才不管什么男女授受不亲。古华性子古怪得很，她早有耳闻。他女朋友失踪四年，他因此精神恍惚，脾气暴躁而孤僻，时而会顶撞领导，很少与人交流，也不接受任何相亲安排，整个警队像他这样三十六岁打光棍的不多。他每到一个单位，都只能干半年，领导会用各种冠冕堂皇的理由将他派走。

虽然所有人都心照不宣，不是他工作干得不好，是大家不喜欢他，将他当皮球一样踢来踢去。

古华只睡沙发，不动她的碗筷，不拿杯子喝水，包里自带方便面，还有矿泉水，一天到晚坐着发呆，最习惯的动作是往嘴里递酸梅糖，一天就能吃掉一整瓶。

林丽劝他少吃点，他直接反问一句：“这需要你来管吗？我来监护你，还是你来监护我？”

林丽觉得真是好心没好报。她故意早起晚归，让他跟着劳累。吃饭时刻意做大快朵颐状，让他看见直流口水，但她半句客套话也不招呼他。

过了几天，整幢楼没再发生什么状况，林丽提出让古华离开。古华不肯，斜着眼睛看她：“你确定你不后悔？”

“不后悔。你可以走了。”林丽瞟他一眼，立即拉门赶人。

古华站着不动，跟木头似的，他说：“我的责任是保护你，我不会走的。”

就这样，他寸步不离地跟着她，林丽心底悄声称他“跟屁虫警察”。

3

林丽去超市买东西，钱包被人抢了。她情绪激动喊古华，但古华说：“你包里就200块，丢了就算了，命要紧。我不能为了帮你追包离开你。”

抢她包的其实是她一早打电话串通好的朋友，林丽想甩开他的计谋没有成功。他一眼就识穿了。

又有一次，林丽去菜市场买菜，夹在人群中故意躲开他，她扭头跑了很远后，终于见不到那阴魂不散的跟屁虫，大气还没喘，刚扭回头想抿嘴一笑时，他站在她对面，面目冰冷地说：“你这样有意思吗？你以为我想天天为你服务？”

林丽倒抽一口冷气，他真是一个动作迅猛又阴魂不散的“鬼”！

之后又有几次“武林过招”，林丽彻底服了。无论她怎样气他、试探他、逃避他、甩他，他反正就是那张苦瓜脸，不多说话，不吵架，比影子还亲密，除了卫生间和卧室，哪里都有他，随处可见。

林丽觉得他实在是太讨厌了！林丽跟他说话，他当作没听见；林丽去医院，他死死地站在门外面，几次三番，别人问她：“男朋友啊？”林丽只得一次次解释。别人误会时，他明知，却不说话，牙缝里挤不出半个字来。

古华跟同事也是，完全不主动沟通，他时不时被人挑衅，只有在这时，他才会马上站出来，激动时还动手打人。

古华之所以在哪里都不受待见，还有一个原因是他曾得罪过一个领导。工作上两人对于案件的分析不同，领导下的命令他不遵守，私自行动，虽然那件案子破了，但他违抗领导命令，最终还是被警告批评。

林丽真正欣赏古华是在她差点没命的那一天。

古华那天发飙当街冲她吼，说再也不理睬她这个不知好歹的臭女人！

林丽乐意得很。她不想一个人回到家，刚洗完澡，门被人从外面撬开了，已经有人拿刀站在门口等她。

林丽吓得一声大叫，很快就被人打晕了。然后在迷迷糊糊中，听到一片千军万马般厮杀的声响，等她醒来，古华已经把那个人逮捕了。

4

那天是古华刻意为之，在跟林丽去医院的时候，他怀疑一个人，不是林丽举报的那个眼科医生，而是医生的助手。

之所以产生怀疑，靠的全是古华敏锐无比的直觉，他直觉很准，通常看人一眼，立即猜得八九分。但在没有证据的情况下，领导不会听他的推理判断，于是他跟领导时有冲突，就算结果如他推断，人际关系在此之前也被他搞得一塌糊涂了。

一次又一次。

古华毫不在意，他只在意案子。

那天他无意中瞥见那个助手瞅林丽的眼神有点不对劲，带着股阴森的杀气，只几秒，凭借直觉，他立即借故上厕所跑到院长办公室，对那个人做了一番简单的调查。如果他推测没错，当晚会是对方作案的时间。因为每个案子都有一个共同的特点——发生在每个周四的晚上。

林丽对古华感激涕零，对先前对他所有的不友好，一并道歉。

古华面无表情，扬长而去。

次日，林丽恢复正常上班的状态，古华被上级安排去见心理医生。

推开门的一刹那，古华愣住了，是林丽!

林丽主动解释："我眼睛有段时间总出状况，所以就请假做手术。休养期间，恰好我那幢楼常出事故，于是就申请特殊保护——"

她的话没说完，就被古华拦住了："我对你的经历没半点兴趣。"

林丽说："那好，我对你的经历有兴趣，现在轮到你了。"

然后是古华编了一个剧情俗套的故事骗了她。他说自己无父无母，从小跟街道王大妈生活在一起，后来爱上了一个老女人，那个女人给了他母亲般的爱。然而那女人跟他年纪悬殊实在太大，觉得不合适，就离开了他。他千辛万苦找到她，发誓挣钱养活她，跟她白头偕老一辈子。谁知，她终于点头答应时，却查出患有癌症，已经是晚期，没几天就死了。为了给她办丧事，他花光了自己的所有积蓄。

古华还掉了滴眼泪，林丽信以为真。然而一秒钟后，古华换脸，冷嘲热讽：“你不是心理医生吗？怎么连我编故事、演戏都看不出来？”

林丽彻底怒了！她负责给他写心理报告，这份报告决定他是否能继续留在警局干下去。

想了一个晚上，她把写好的心理报告给撕了。她约他出去看现代舞表演。

林丽说：“自从你女朋友失踪之后，你整个人就变得不思进取了。别人误会你，单位不断排挤你，你从不解释。好事明明是你做的，案子明明是你破的，不但没有人表扬你，反而你不断被调来调去。你被调动的单位越多，外人对你的议论跟印象就越不好，你本可以解释，主动沟通，但你选择沉默、不妥协、我行我素。你知不知道，你在别人心目中，就是一个笑料？”

古华反问她：“那又怎样？嘴长在别人脸上，我管不了那么多。”

林丽一针见血：“你根本是自甘堕落。一是女朋友失踪，二是自欺欺人，你不对自己抱希望，你的人生就永远处在最底层，你也将永远改变不了自己的处境，更不会有足够大的舞台供你发挥，就算你能力出众，你也只能怀才不遇。还有，你只是借着女朋友失踪这件事，有意识地逃避自己目前的处境，你女朋友即便回来了，见到你这个样子，她也会离开你！”

这一席话还是说到了古华的心里。三年后，林丽跟古华相爱了，古华做回了最精彩的自己，其实原来的他温润如玉，根本就不是一头犟驴。

5

你付出过多少，没人知道。哪怕你九死一生，也没人给你贴大字宣传报。你的好，别人可以全部装作看不见；你若不好，哪怕仅仅犯了一点点错，马上就会有一群人站出来指责你。人云亦云、落井下石，似乎从来都是一个简单的定律。

这些，都是人间最基本的冷暖。

智商高的人，往往遇不到贵人，总是会怀才不遇；情商高的人，往往没多大能力，但是能踩在巨人的肩膀上称心如意。

生活就是要告诉你，当你改变不了这个世界时，收敛一下自己的脾气，没有能力去改变世界，那就不要让世界改变你自己。自己改变了，世界才可能改变。要努力把自己的生命拉宽。

做有姿态的你，他才会更爱你

每一个人，都是一个鲜活的有姿态的自己。
该大度的时刻大度，该计较的时刻计较，
该勇敢的时刻不懦弱，该冲锋陷阵的时刻不退缩。
有最好的姿态，才做得了最好的自己，因为在这个鱼龙混杂的社会里，
只有最美好的自己，才值得那个懂你的男人更爱你。

“我以为生命总有不同，或许奇迹也会降临到平凡的世间，结果我还是错了。”写这段话的女子趴在桌子上睡着了，她刚刚哭泣了一阵子。看到这段话的男子站在她背后笑了，他打算疼她一辈子。

1

程楠第一次见到蜜茶，蜜茶温顺乖巧的形象给他留下了深刻的印象。

以后的一个月，程楠有意识地早早来到公司，看一看还有

谁会比自己来得更早。

无一例外，他来的时候，蜜茶已经坐在那里认真办公了。有时候，他站在她背后十几分钟，只要不作声，她就一直不会发现。

程楠每次都故意咳嗽两声，悄悄后退一步，等蜜茶闻声扭头，就好像他刚刚到。蜜茶会很惊讶地说："老板，你来了啊？"

程楠点点头，说："吃早饭没？来得挺早啊！"

蜜茶笑眯眯的样子，如同猫咪，她说："我吃过了，还好，家比较近。"

这样的一问一答多了，程楠开始有意识不吃早饭，并且每天让蜜茶帮他买早点。几个月下来，程楠惊奇地发现自己胖了三公斤。

然后，程楠在下班的时候装作很生气地问蜜茶："蜜茶，你以后买点清淡的东西给我。现在我很不情愿每晚跑步减肥。"

蜜茶愣了一小会儿，反应慢半拍的她，样子看上去有点呆萌搞笑，程楠忍不住想笑，却只能憋着。只听见她说："老板，你想减肥啊？哎呀，我也是啊！听说晚上跑步容易出事，你打羽毛球吗？不如，不如，不如——"

"不如一起，"程楠板起脸来说，"你说话怎么磕磕巴巴的？我有羽毛球俱乐部会员券，晚上八点，下班后等我。”

就这样，蜜茶成了他的贴心小助理。

2

好脾气的人，总是很有耐心，也乐意多为别人做点事。可是，并非所有人都喜欢这样子的你。

蜜茶遇到了生命中的天敌。

部门的小领导是个非常强势的女性，脾气大，气场也大。最大的特点是大嗓门，一声河东狮吼，全宇宙都听得见。

蜜茶给她送文件，一个不小心把她桌上的咖啡碰倒了，咖啡正好溅到了她新买的白色连衣裙上。她厉声一吼吓得蜜茶脸色青紫，蜜茶不明白就因为这点小事她怎么会发那么大的脾气。

“蜜茶！蜜茶！你，你，你，你知道吗？这是我花了三千多块钱刚刚买来的新衣服！我上午要去外面开一个很重要的会议，马上就准备换上这件衣服！你——”

蜜茶连忙鞠躬道歉：“对不起，对不起——”

“对不起值钱吗？值钱吗？值钱吗？”河东狮把“重要的问题说三遍”发挥到了极致，几十分贝的尖嗓门女高音，让蜜茶恨不能捂住耳朵。办公室所有人都偷偷往这里看。

蜜茶涨红了脸，吞吞吐吐地说：“您在哪儿买的，我现在马上过去再帮您买一件！”

就这样，蜜茶顶着被扣半天工资的风险，在烈日炎炎下，变身脚踩风火轮的哪吒，大汗涔涔地将功赎罪。

可是这件事情很快就在公司传开了。故事一旦被传，版本就千变万化。传到了程楠的耳朵里，是这样子的：

蜜茶成天做事马虎，上司批评了她几次，她怀恨在心，在上司的咖啡杯里放了一只大蟑螂，然后Miss Li喝到一半时，吓了一大跳，连人带水杯一并摔倒在地，于是乎那件新买的白色连衣裙就成了遭殃的产物。蜜茶不承认自己所犯的错，还跟上级顶撞了好几句，直到所有的同事都跑过来劝，她才不情不愿地跑出去重新买了一件还给Miss Li，但是她对公司扣她半天工资，表示出极大的不满，每天都在无休止地抱怨。

程楠不太相信这听来的故事，但那几晚，蜜茶借故没同他一起打球，而且早上也不再帮他买早点，还跟他道歉，说自己不会做事，才让他的身材发生微妙的变化。

程楠想找她谈一谈，但公司耳目众多，一不小心，都可以成为别人茶余饭后的谈资。他堂堂一个大老板，总不能那么轻易出手。

3

蜜茶在公司受了一肚子气，起初她自己没察觉到那件小事会演变得这么严重，后来才慢慢地发觉，公司里的人，大多开始对她不冷不热。先前几个关系很好的，现在也不肯跟她聊知心话了，个个都躲得远远的，好像她是瘟神一样。

还有几个趾高气扬的，趁着她失势，成天对她指挥来指挥去。蜜茶心里纵然不满，但同事一场，也只能忍耐。她觉得与人方便自己方便，能帮一些就帮一些，吃亏是福。

但是，她把熬夜打字、一一纠正过来的文件，拿给那几个人看时，他们连一句道谢的话都没有，在打水时蜜茶甚至不小心听到她们几个在背后议论自己："嗨，那个傻子是不是把你的文件也帮忙修改了？""是啊，是啊，以后再有麻烦的事，都交给她去做，反正她都无所谓的。""做老好人呗！现在她那样，谁还跟她交往啊？她能帮我们做点事，都要感激我们没有欺负她！"

如此种种。

蜜茶满肚子冒火，小心脏快要蹦出来了。但是，尽管眼泪簌簌直落，她还是咬牙忍了回去，装作没听见，偷偷躲起来，等她们几个从自己眼前一晃而过，才蹑手蹑脚地回到座位上。中午也没食欲，吃不下饭，晚上回到住处，还没来得及钻进被窝好好哭一场，一同租房子的几个师姐就过来找她了。

“蜜茶，我有个朋友要过来住一阵子，你不介意吧？”

师姐发话，蜜茶怎敢摇头。她忍着满肚子委屈，装作很轻松的样子点点头。

两个师姐住一个房间，另一间蜜茶自己住。蜜茶想，不如叫那位新来的师姐到自己这屋吧，大热天的，让别人睡沙发，她于心不忍。

每天下班回到家，冲进卫生间先洗个澡，是蜜茶早就养成的习惯。但是等她出来，另一个房间传来了骂声。蜜茶不明就里，想着昨晚的心事，走过去，还未开口，听到里面有人提到自己的名字，语气自然是不友善的。

蜜茶无奈，缩了回去。

她跑到自己的卧室，把一直用的那台小风扇拿过来，敲了门，装作刚才完全没听见的样子，笑呵呵地说：“师姐，我的小风扇你拿去用吧。”

对方头都没抬，嗯了一声，之后就再无话了。

蜜茶觉得真尴尬，想找个地缝钻进去，她不明白是自己哪里做错了，自己有问题，还是如今的人太冷漠了。

4

程楠在调查了那个咖啡事件的真相后，思索几日，他决定鼓足勇气，今晚约蜜茶出来好好聊聊。

他把车开到蜜茶住处，抬头望过去，她正傻傻地站在阳台上托腮沉思。瘦弱的身影在夕阳的余晖下，被映得闪闪发光，像一面透明的玻璃。

蜜茶接到程楠的电话，他问她要不要一起吃晚饭。蜜茶撒谎说自己正在跟师姐一起吃，吃的是新买来的大龙虾，吃得两嘴冒油，好不热闹！

程楠望着那个凄冷的背影，忽地觉得很心疼。车内的空调开得很低，他情不自禁打了个冷战。

他下命令似的对她说："这是任务，你现在马上下楼来。"

蜜茶不晓得楼下的人眼睛正一眨不眨地看着自己，还继续编谎话："我刚刚把手划破啦，肚子很撑，吃得太饱啦，实在吃不下饭了，老板！"

程楠终于发飙："我在你楼下！"

蜜茶乖乖地下楼，钻进他的车里，被他看穿的滋味真难受，于是她干脆一路沉默到底。

程楠带她进了一家非常上档次的餐馆，叫来了两盘大龙虾，一副似笑非笑的样子对她说："你爱吃龙虾？来来来！我们一起吃！今晚把它们全部吃光！”

违命不如从命。蜜茶拿起龙虾，扭掉一根大钳爪，张大了嘴巴以极度夸张的姿势往嘴里送。

“你饿死鬼呀？刚刚不是说吃撑了吗？”程楠有意逗她，又忽然端起她的双手，十根手指来回掰开看：“咦？不是说吃龙虾划破了手指头吗？在哪里啊？”

蜜茶忍不住，哇的一声，孩子似的大哭起来：“是是是！都是我不好，我骗了你。你行行好，不要再像别人那样折磨我了好不好？本来我觉得跟别人走得近一点，热乎一点，乐于助人一点，忍耐一点，做人就会很快乐，但是，我现在终于知道了，像我这样平凡的人，奇迹是不会降临到我身上的。所以，请你也不要再挖苦我了。”

蜜茶哭得稀里哗啦。

程楠抿嘴笑，忍不住想说“你还有我”，终于等到她不哭了，他才猛地上前给了她一个热辣辣的吻，这让刚哭过的蜜茶惊呆了。

吻完了，他不忘羞辱她一下，说：“你少了点姿态，以后让我慢慢来调教你。”

5

做个随和、可亲、没有脾气的人，是我们年少时自以为完美无缺的追求。但是，你会发现，有时候正因为如此，你又会遭遇不礼貌对待。也许，会有人认为你很傻，更有甚者会拿你的傻来欺负你。

但是，你要相信，仍旧会有少数人，他们会感激你，感激你的纯净给他们的生活增添光彩，让他们重新燃起对生活真善美的希冀。

忍耐是对生活的一种姿态，但有些时候也成全不了最好的自己。但善意的力量值得我们坚持，相信总有一天，水滴石穿。

同时也应该意识到，做个有姿态的人，并不等于高高在上，不等于耀武扬威，只有对生活有追求，要求高品质的人，他们才会做最有姿态的那个自己。

当我们走到死胡同，低姿态使我们的生活一片混乱不堪时，适时地掉转方向，认真调整，在适合的状况下，摆出最适合的姿态，只要不触碰底线和原则，对不同的人或事，我们也可以展现另一个自己。

在阳光下眯起眼睛，在天桥下吹口哨，在领导面前拍桌子，在咖啡馆聊八卦，在草地上睡觉，在高山上呐喊，每一个人，都是一个鲜活的有姿态的自己。该大度的时刻大度；该计较的时刻计较；该勇敢的时刻不懦弱；该冲锋陷阵的时刻不退缩。有最好的姿态，才做得了最好的自己，因为在这个鱼龙混杂的社会里，只有最美好的自己，才值得那个懂你的男人更爱你。

控制不了
体重，就控制不了人生

你给我暖阳，我还你晴天；你温柔以待，我刮目相看；
你若精彩，清风自来。

1

婉昭大学毕业，夹在一群鲜花一样的美少女中去人才市场竞聘。她太胖了，胖得超乎众人想象。那面试官差点没把老花镜跌破，脑袋垂得几乎可以到肚脐眼，用无比惊奇的眼神毫不留情地看着她，好半天才不敢确信地问："你是第一名丁婉昭？哎，这么婉约的名字——"

婉昭早有自知之明，点头，有气无力地说："我是丁婉昭，我胖了点，不过我很能干。"

能干的人很多，不缺你一个。而且连自己体重都无法控制的人，怎么可能控制人生。况且在这个看脸的社会，谁有勇气

去招一个可以当喜剧演员的人去做公关小姐?

婉昭再次垂头丧气地从人才市场铩羽而归。

这是第几次了？掰手指头数数，至少二十次了吧。她学习好，不过有什么用？社会就是这么现实，她记得当年撒贝宁竞选央视主持人时，小撒以自己清新帅气的形象，一致博得众评委和观众的喜爱，远远甩掉当时考第一名的那个长相不太好看的男生。在同一水平线上可以做好一件事的人很多，所以一旦综合考察，外貌也是一个硬指标。

婉昭因为太胖，几乎没什么朋友，大家都把她当低等动物看待。她也自卑过几年，从不敢主动找人聊天。可是，校园相对社会还是很简单的，大家顶多疏远她，不会对她造成太大的打击和伤害。但社会就不同了，一次又一次的严词拒绝，让她心灰意冷。

想改变糟糕的处境，只有一个办法，那就是尽快让身材恢复到少女应有的婀娜多姿。

婉昭开始制订严苛的减肥计划。一天24小时的安排是这样的：早上五点起床，跑一小时步，六点半洗完澡，七点吃饭，不吃荤，只吃水果和水煮青菜，八点去俱乐部练瑜伽，十点看书学习，十一点半吃午饭，午饭鸡蛋加黄瓜，下午睡到两点，然后打一小时羽毛球，接着看两小时书，五点吃晚饭，晚饭是一碗八宝粥，六点到七点散步，散步完洗漱，八点到十点继续充电，十点半准时休息。

坚持两个月运动加清素菜相结合，时不时能听见自己肚子咕咕乱叫但依然咬牙坚持的苦行僧生活，婉昭再站到体重机上一瞧，这还是她吗？没眼花吧？定睛细看了又看，体重由原来的160斤锐减到110斤，原本就一米七的大高个儿，配上这标准体重，简直名模一枚嘛！

婉昭一下子精神抖擞。当天下午就跑出去拍照，发微信，一口气发了27张。朋友圈简直疯狂了，平时不怎么冒泡的人，此时也纷纷留言，向她讨教的有，为她祝贺的有，羡慕的有，连求爱的也蹦出来好几个。做公主的感觉就是好，被人团团包围着，真是有种受宠若惊的感觉。这对她而言，还是人生头一次。

小时候，婉昭考了第一名，老师夸，家长夸，邻居叔叔阿姨夸，但从没有人如此强烈地追求过她。现在不同了，要追她的人噌地排成长龙，每天微信不断，狂轰滥炸一般。

2

婉昭唯一的好友安丽劝她从众多追求者中好歹挑一个，毕竟年纪也不小了，女人总是要有个依靠的。婉昭早就习惯了一个人处理许多事，忽然被人赶鸭子上架似的谈恋爱，反而有些不适应。她一一回绝了。

但有个叫陈骁的男生抵死执着，他对婉昭说：“你可以拒绝我一百次，但我还有追求你一百零一次的权利。”

就这样，婉昭跟陈骁在一起了。

他开了一家甜品店，各种花样的甜品每天香喷喷地散发在空气中，让人垂涎欲滴。婉昭偶尔控制不住，在陈骁的怂恿下，忍不住吃上几个刚做好的。

他负责喂她，她负责消化美食。渐渐地，婉昭发觉自己又反弹了几斤肉，她没来得及向他抱怨，他先开口挖苦：“你的意志力看来还需要督促啊。”

婉昭这才知道自己上了他的当，跟他在一起，仿佛就是一部少女成长蜕变的血泪史。婉昭想摆脱他这道苦丁菜，却发觉因为有了这苦苦的滋味，生活才变得甜蜜无比。没有苦，哪来甜？古人早就说过，“天将降大任于斯人也，必先苦其心志，劳其筋骨……”

晚上，他们相拥在沙发上，互相倾诉彼此先前的故事。陈骁是个很简单的大男生，他有过一次青梅竹马般的初恋，对方小他两岁，一起在小院子里长大的。但是女孩越长大越复杂，刚从技校毕业，就进了一个不错的事业单位，后来嫁给了一个大她二十岁的男人，据说那男人是当地某个部门的大官。

陈骁一度深受打击，大学毕业后，先后摸爬滚打找了许多工作，不是别人炒他，就是他炒别人，林林总总地细算，有五六个。最后一次，将公司贷款的钱揣在腰包，一个不小心，全部被偷，只得主动辞职，为了还债，自己开始创业。

他先是搞代销，市场流行什么，他做什么。但所有代销都不长久，小买卖可以解决温饱，他只能打游击战。好在头脑灵活，他干什么什么赚钱。没多久，他的债务全部还清了。

后来，凭借他对市场的敏锐，他发觉做甜品是一项利润很大的生意。于是就去学艺，悄无声息地学了两年，后来，他经营了这家甜品店。又自创了好几个品种，深受客户的青睐，后来自己注册了名为“焕生”的公司。如今，这样的甜品店，在本城已经有好几家连锁店了。

就在这个时候，他发觉一个不知何时加的女孩，在自己的微信朋友圈里，每天因为自己的体重问题而抱怨社会的不公正，怨恨这是一个肤浅的只看脸不讲实力的社会。他的心忽地一阵悸动，鬼使神差地在她的文字下面留了言，他说：“与其抱怨别人，不如先检讨一下你自己。”

这句话曾经被婉昭恨之入骨，也不知哪来的陌生人，跑她的地盘撒野，不仅没有安慰，反而冷嘲热讽。一段时间里，她的微信里全是两个人的唇枪舌剑。她说九句，他讽刺十句，完全旗鼓相当，毫不相让。

婉昭气恨之下把他拉黑，天下终于太平了。

但是后来，屡屡失败让她备受打击。想起这个被她拉黑的人，觉得他说的也不是没有道理。于是把他从黑暗的牢笼里释放出来，还好，他没计较，两人又成了好友。

但这个好友的性质有那么一点不同。他跟婉昭打了一个赌，赌约是两千块钱。如果他输了，婉昭就能赚两千大洋。如果他赢了，对不住，婉昭就必须给他当两个月的免费劳工，刷盘子、洗碗、拖地、倒垃圾的那种，任由他使唤。

赌约的内容是，她必须在两个月内瘦下来，至少瘦三十斤。

3

好的爱情，能让人青春焕发，最好的能量，能如泉水般喷薄而出。清冽醇甜，源源不断。

婉昭的体重后来一直严格控制在110斤左右。她穿上刘雯同款白色长衫，配上简单的牛仔裙，穿平底布鞋，随意涂几下雅诗兰黛的口红，肩上斜挎一个大布包，那曼妙的身姿完全不输国际名模，楚楚动人，活色生香。

以这样的姿态游走在人间，忽然之间，迎接她的到处是鲜花和掌声。她去人才市场应聘，有几次因为堵车，去得晚了，所有的招聘员都对她笑容相待，他们说："是啊，现在的交通堵塞实在太厉害了。"若换作先前，她肯定会被人嗤之以鼻，轻微教训几句。

自己改变了，世界也就对你敞开怀抱了。不经历凤凰涅槃般的蜕变，又怎么能享受人世间五彩斑斓的美妙？没人可以随随便便成功，但凡成功的人都必定要经历一番彻骨的努力。

婉昭再不像从前那样，为了能得到一份稳定的工作而苦苦哀求。现在，她不张嘴，请她过去上班的公司多如牛毛。在收到十几家公司诚挚的邀请函后，她看中了其中一家模特公司。走的是大型的T台，一年有至少十次接受杂志封面女郎的拍摄邀请，运气好的人，不仅可以扬名万里，还能得到各大品牌的赞助，成为名副其实的品牌代言人。

丑小鸭从未想过自己变成白天鹅后的样子原来是如此美、如此吸引人。但是，丑小鸭有变成白天鹅的潜质，有潜质就不能浪费，让它淋漓尽致地发挥，才能做腾飞而起的白天鹅。令人高山仰止的那个自己，不是遥不可及，有时候也可以触手可及。

4

秋天的时候，夕阳西下，两个人骑自行车开启了一段崭新的旅程。在每一个路口，都在很大的牌子上面留下明晃晃的誓言。

就像英雄惜英雄，才子佳人的相爱，有时需要一个携手蜕变的过程。

你给我暖阳，我还你晴天；你温柔以待，我刮目相看；你若精彩，清风自来。

控制不了体重，何以控制人生？

为什么有人过了二十岁，就再也没有曾经年轻俊俏的模样？为什么有人到了三十岁，身材臃肿，大腹便便？而为什么有的人依然身材颀长而挺拔，容光焕发？

好身材就是一件奢侈品，有钱有闲的人才用得起。不必钦佩和羡慕别人，你只需要坚持和约束。

第四章 努力成为更好的自己

CHAPTER 04

这辈子
不懂什么叫放弃

为爱受伤，我从不放弃，逆风的方向，才更适合飞翔。
让我学会从此以后，更好地爱你，也更认真地爱惜自己。

曾经年少轻狂，横冲直撞，把自己变成伤痕累累的模样。时间沉淀了过往，眼泪丰盈了智慧，因为成长变得成熟，懂得爱，没有捷径，只有经营。

1

三十六岁的萱萱站在广告公司年度庆祝大会的舞台上，她一袭湛蓝色的长裙，飘逸的长发，温婉的笑容，衬出一派别具风格的仙女气。台上的主持人把闪闪发光的大奖杯及年度二十万的最佳广告设计大奖颁给了她。那一刻，舞台上下，一片欢呼。没有寂寞，盛世繁华。

萱萱感激涕零，发表获奖感言时，努力遗忘一个名字，可是无声无息间，有个高大的影子依稀出现在脑中。她在欢快热烈的氛围中，连自己都不晓得究竟有没有说出那个人的名字。

然而，他却奇迹般出现在她面前。

沈浪，他西装革履，盛装来袭。他猝不及防地出现在她面前。现在，万众瞩目，他单膝下跪，含情脉脉地问她："嫁给我好吗？"

于是，欢呼声好像突然上涨的海潮，瞬间淹没了她。

七夕这一天，萱萱在公司所有人的祝福声里，欣然嫁给了自己暗恋了八年的男子沈浪。

2

九年前，LML大学学生会主席的竞聘大会上，萱萱从容地走向讲台。为了等这一天，她费尽了心力。藏龙卧虎的LML大学是全国数得着的"985"院校，人才济济自不必说，但除了高学历、高智商、高情商之外，萱萱自信有出众的颜值及才华，她从研一开始就在本城最炫酷的一家广告公司做兼职策划助理。两年下来，单单自己接手和策划的广告已经有二十条登上全国各大广告平台，拿奖拿到手软。

为了追随上一届学生会主席沈浪的步伐，尽管对学生会干部毫无兴致，但她还是义无反顾地参与了这次竞聘。

她有些自豪地介绍自己这两年来所取得的各种成绩，一件件，如数家珍。拿奖拿到手软的漂亮女子，光彩夺目得像一颗水晶，任谁捧在手里都怕摔碎了吧？然而她错了。

坐在台下两眼闪烁奇异光芒的沈浪动动手，一票否决了她的学生会主席梦。他问她，你来此参加竞选，真是自己内心最想要的答案吗？

那一刻，她与朝思暮想的心上人四目相对，却没有含情脉脉，只有凛然杀气。

她有几秒钟想鼓足勇气，借着这盛大的舞台告诉他：我来这里，纯粹是为了你。

她虚伪地点点头，说："是啊，这是我的一个很大的梦想，我希望能为大家做点事。"

台下的沈浪很显然并不满意，嘴角上扬的弧度让她自知没戏。

果不其然，他拒绝了她。

作为其中之一的评委，而且是LML大学最有话语权的上届学生会主席，他的态度尤其重要。果然，她失败了，铩羽而归。

自然，她是有点沮丧的。然而没过三五秒，她就化悲伤为浮云了，转而安慰自己：萱萱啊，没关系，反正他也已经不在这里了。

之后她从别人嘴里得知，沈浪将离开学生会，他被一家广告公司聘为副总经理，年薪几十万，还配有宝马。

还未打听到是哪家广告公司，她在去公司的电梯口时，与他狭路相逢。

3

他们在一家公司里，简石是一家非常有名的广告公司，别说在本城，就是在全国，每年从这里出的知名广告，都如雨后春笋，应接不暇。

乱花渐欲迷人眼，浅草才能没马蹄。公司里的美女多如牛毛，让人眼花缭乱。

萱萱鼓足勇气对他说：“学长，你好，欢迎来到简石，以后我们就是同事了，请多指教。”

彼时的她还不知道他一出场，就成为了自己的上司。

他目光灼灼，似微笑，又似颔首，只轻轻点点头，说：“相互指教。”

中午下班时，她约他出去吃饭。但在电话里，他问她：“你现在在哪里？公司中午临时有紧急会议，你难道不知道？”

为了找到他最喜欢的那家日本餐馆的地址，她花了半小时的时间偷偷上网联系了客服。没想到，就在这时，公司通知加班开会，而同事却没有一个告诉她。

鬼都看得出来她暗恋他，于别人而言，她是山鸡想变凤凰，天方夜谭。

收拾掉微碎的心情，她接受批评，急匆匆赶到公司会议室后，惊异地发觉，坐在前头主席台位置主持会议的人，竟然是他。

她早该想到，聪明优秀如他，又怎么可能跟自己处于同样的级别？

被点名批评后，她垂下头，头一次以卑微而沮丧的姿态出现在这早已熟悉无比的环境中。那一刻她在想，为什么每次给她难堪的人，永远不是别人，而是她心心念念的最爱的他？

沈浪，你不知道我有多么爱你。可是同时你也不知道，我有多么恨你。

4

明知她对他有意，他只是装作不知。

工作后的第五年，沈浪同与萱萱同一部门的上司戴娇娆结婚。她以公司同事加大学同学的身份参加了他们的婚礼。

热闹非凡的婚礼现场，她喝得烂醉如泥，像一具死尸。那一刻，她再也不用怕，不怕别人讥笑她是傻瓜，讥笑她不自量力，也不用再怕他知晓自己的心思。

一切都成定局，她再也不可能把他当作生命里一切美好爱情的幻想。那一晚，她被人扶着回到家。

梦里有个男人的声音不断地从耳畔传来，他声嘶力竭地冲她唱：“这是一个恋爱的季节，空气里都是情侣的味道，孤独的人是可耻的……”

在梦里，她曾无数次化身那只雪白的狐狸，小嘴丰胸，媚眼细腰，化骨绵掌，让他深深陷于不思量自难忘的梦境之中。她曾为此窃喜欢欣，把梦想当现实。

然而，那毕竟是梦，她终于醒了。

自此，她的身边忽然百花齐放。原本那些艳丽的花朵，忽然对她友善起来。

追求她的男人变得不可计数。从弱冠到耄耋，五花八门，应有尽有。而公司里的那些花朵，也总拿巧克力奶糖安慰她：“萱萱，想开点，天下两条腿的男人多的是，千万不能在一棵树上吊死。”

沈浪娶的太太实在丑陋至极。

那个女人趾高气扬，傲慢无礼。因为别人不小心把咖啡洒在了她的桌上，她会罚他们扫整整一个星期的地；因为文件里的一个错别字，她会罚别人把文件重新打印一百份；因为有人在上班时聊了几句娱乐八卦，被她听见了，她就罚每人二百块，并专门设置了举报信箱，还物色了一个为她打小报告的狗腿子。

李莫愁纵然可恨，归根结底，是受伤之后才变成可恨的模样。所以大多数女人还是会动一动恻隐之心，表示理解和同情。但戴娇娆显然不是李莫愁，她从小过着衣来伸手饭来张口的生活，骄傲得如同从天而降的外星人，从不把地球人放在眼里。对任何人都呼来喝去、颐指气使，并拿一副傲慢嘴脸倾尽所有精力让人怕她、怵她，以为这样就可以树立威严，让自己威风八面，让别人对她的横刀夺爱敢怒不敢言，但她却想错了。

萱萱收获了来自公司里几乎所有同事的关爱。大家慢慢向她委婉道歉，表示以前对不起她。她只笑了笑，说："都怪我当初不好，没有把最敞亮的自己呈现出来。不然，也许那时候有众人相助，迷人的帅哥沈浪就不会成为别人的老公了。"

说着说着就被自己的调侃说哭了。一群人抚摩着她的脸蛋、头发安抚她。

有这样的温度，也是一种莫大的感动。

5

有朋友的日子生活变得格外灿烂。周末休息的时候，萱萱约三五好友出去逛街，买很多漂亮的衣服，把自己装扮成一朵时尚娇艳的鲜花。她也拒绝了公司里所有男人的求爱，却跟他们做起了很好的哥们，陆陆续续参加了他们后来的婚礼。

后来她也嫁了人，那是一个大她十岁的男人，虽然长得不如沈浪帅，但为人踏实，对她好，把她宠溺成三五岁孩童，让她每天都活在阳光灿烂的童真般的神话世界里。

那个大她十岁的男人有自己的一家小咖啡店，虽然谈不上百万富翁，但至少也算奔入小康。对生活格外有情调的他，时常趁她休息放假的日子，带她到全国各地转悠。

结婚两年后，他们有了一个漂亮的儿子，小家伙长得虎虎生威，像他一样有男子汉的气魄，而眉宇间又像极了萱萱，清秀得如同科举考试的状元。

集父母所有的优点，孩子可爱而漂亮，让人忍不住想天天抱在怀里不放下。

然而最后一次一家三口的旅游，却成了令人唏嘘的死亡之旅。那天下着大雨，环境不算十分好，他们原本已打算就近停车住一晚，待次日天气晴朗再出发。连旅馆的房费都交过了，一家人正窝在床上看电视，忽然门外的老板急匆匆地敲门，问他们能不能借辆车过去，有个远房亲戚的摩托车半路被撞了，听说在路上许久没拦到一辆出租车，此时正躺在雨水里，焦灼万分地等待救援。

萱萱劝他不要去，把车子借给他们就行了。此时外面的雨已经很大，风也急骤，狂风四起中夹杂万马齐喑般的声浪，他们娘俩躲在屋子里都觉得甚是不安。再说去了也没多大用，旅店老板会开车，他也帮不上太多忙。

但他不听萱萱劝告，毅然决然地前去帮忙，就从此一去不复返了。

三十四岁，萱萱忽然成了单亲妈妈，一个漂亮的年轻寡妇。

6

曾经年少轻狂，横冲直撞，永远不知道所谓失败为何物，永远不晓得失去一个人有多么痛心。直到生活把自己变得伤痕累累，让时间慢慢去沉淀过往，让眼泪丰盈了智慧。

爱情的发生和消失，所有感情路上的跌跌撞撞，兜兜转转间忽然变成一场空。在那一刻，也只有再次收起眼泪重新出发，过去的悲伤和失败、失去和痛不欲生，一件件成就了自己的坚强和成熟，虽然用尽全力学会温和及从容，不再慌张不再哭泣，却再也不奢望一段爱情重新萌芽跟破土。

涅槃重生大概也就是这样的滋味吧。

从那以后，萱萱把全部精力都放在了工作和孩子身上。无数次夜读，埋头沉思下，她的笔下创作了一个个独特的广告设计。好运紧接着一个个纷至沓来。她的作品几乎个个获大奖，每一个都受到青睐。电视里的那些广告，十个里面有至少六个是她设计策划的。

她成了名副其实的广告女王。年薪不断增长，她的能力更是不断得到认可。终于，原本在她面前高高在上的女子，甘拜下风。

那个人际关系差到了极点的富家女戴娇娆，此时因为工作上的碌碌无为，外加一意孤行，犯过两个很大的错误，给公司造成了巨大的损失，而不得已主动辞职，托词是去海外留学。

不知是她离开了沈浪，还是沈浪不愿意随她而去，总之，后来公司上上下下都知道，他们两个离婚了。

接下来开始有人不断从中为他们撮合，两年间，她耳根都快被磨出茧了。沈浪还是那个高大帅气的沈浪，他依旧招摇无比，炫酷帅是一成不变的作风。他在北京买了四套房子，两套是北京胡同里的那种传统美好的四合院，里面种满了鲜花和大树。还在上海黄浦江附近买了第三十层的高楼，夜晚站在阳台上俯瞰大地，一切都渺小得如同蚂蚁。

尽管曾经他伤了她的心，害她狼狈逃跑烂醉如泥，尽管他从未亲口跟她说过一句对不起，尽管他在离婚后忽然显得忧伤重重看上去如此叫她感到怜悯，但是，萱萱知道，她是不可能跟他一起创造爱情奇迹的。因为他们都变了。岁月老了年华，沧桑了内心。

一次次的撮合宣告失败，沈浪从未亲自开口追求过她，所以，尽管摇头拒绝，萱萱也总算没有太让他难堪吧？

他们仍然是大学校友，她叫他师兄，他喊她师妹。

7

后来沈浪生了一场大病，举目无亲的时刻，她终于主动靠近了他，熬汤喂饭，好不温柔。

在医院照顾他整整一个月后，她才得知，他那所谓的炎症其实是搜肠刮肚的小计谋，是他跟公司同事合伙串谋的结果。他健康得如同一头健壮的黑牛。

那一刻，她在同事憋住不笑的气氛中，终于忍不住羞赧一笑。

兜兜转转，我贸然青睐，你明枪易躲，从最初的青涩，到现在的各自收拾残局成长蜕变。时光让我们留住了最美好的自己，也明白了什么才是难得的珍惜。缘分不浅，那就携手一起，生命尽头，总有奇迹。你不是我最初的爱人，我也并非你最初的选择，但是，还好，我们都还没有完全放弃。

为爱受伤，我从不放弃，逆风的方向，才更适合飞翔。

让我学会从此以后，更好地爱你，便是更认真地爱惜自己。

有生之年遇到你，所有努力都是必须的

有生之年遇到你，所有悲伤都会过去。
你许我蔚蓝天空，我天道酬勤奉陪你。

1

穗子睁开眼，阳光从树叶的狭缝里划过，斑驳地照射到她的面庞上。她揉揉眼，一脸惺忪的模样。也不知睡了多久，总之每天熬夜到两点，也着实是困了。努力想了想，大概是聊着聊着天，闭上眼睛躺在草地上，不到三分钟，就沉沉睡过去了。

沉生从不远处的草地上挪过来，对她说：“看你睡着的模样，真像一棵饱满的稻穗。”

穗子摇摇脑袋：“何解啊？”

沉生笑：“因为稻穗很香啊。”

穗子欣然一笑，然后她的手随即被托了起来。他把她右手的无名指从头到尾细细抚摩了一下，问："想戴一枚戒指吗？"

穗子知道他这次是认真的了。如果前几次她还可以找各种借口拒绝他，那么今天，她是再也找不到拒绝的理由了。

昨晚像一个冗长的梦。梦里面，他们两个纠缠在一起，像一列火车呼啸而过，又如同浑身上下装满了按钮，无论是谁，只轻轻一触，两个人就同时飞起来。那种感觉，跟看电影大抵也没多少区别。

错落有致，轻重缓急，仿佛成千上万只蚂蚁从身体上爬过，痒得难受，却又伴随无法抑制的呻吟，是一种快要升天的感觉。

穗子知道，一个女人只有完全敞开心扉，才会欣然接受来自一个男人温柔的爱抚，且不会感觉厌烦。

从昨晚，到今天下午，一天一夜的时间里，她装病请假，全跟他腻在一起。

现在，她是他的了，她若拒绝，那昨晚算怎么回事呢?

她还在沉思，他从腰间忽然拿出一个闪闪发光的东西，一枚几克拉的钻戒，忽地帮她戴在了那只手上，大小胖瘦刚好合适。

猜测你可以戴上，果然没错。沉生很欣慰地笑着说，一脸温柔地望着她。

那一刻，穗子忽然想放声大哭。她也真的做到了。

也或许，只有在他面前，才会如此放松，尽情地做她自己吧。

沉生坐过来，把胸膛借给她，她钻过去，脸贴在他结实的胸膛上，眼泪簌簌落下。她说：“沉生，我想走，我好累。”

沉生没问她为什么累，到哪儿去，又要走多久。尽管她说出这句话时，心里想的是告别。

他只温和地说：“你走累了，再回来。我就在这里等你。”

等待，原来是一件最煎熬的事，只是熬了许多年，也应该可以变得更加坚强了吧。

2

穗子真的收拾了行李，带着大包小包来到了机场。

售票员问她要飞哪里，她想都没想就冲口而出：“北京。”

七年前，北京的IO大学里，穗子跟刘琛相遇。那天晚上，她从酒吧打工回来的路上，遇到两个劫匪，对方问她要手机跟钱包。

她吓得浑身乱颤，慌忙照他们说的做了。一个男人她已经对付不了，何况两个？

把身上所有值钱的东西全部给了他们，以为乖一点的话，他们会立即拿包闪人。没想到两个人看见她一副胆小如鼠的模样，反而色性大发。走上来开始同时对她动手动脚，还说着下流无比的话。

要钱可以，要命一条，但是，要侮辱我，可不能答应！

在那一刻，一直对感情有洁癖的穗子忽然大吼一声："救命啊！"然后嗖的一下以猎豹的速度冲了出去。

两个男人同时愣住了，大概也没想到，这个女子看上去柔弱，怎么能是跑步健将呢？跟了很长一段路，竟然眼睁睁地让她溜之大吉了！

尽管他们已经放弃追她，但穗子可不管，她还在拼命地往前跑，像只疯狗似的一头撞在一个结实的胸膛上。

她感到头猛地一沉，还没看清对方是谁时，由于惊吓过度，便晕了过去。

醒来，她已经在女生宿舍里安然入睡了十几个小时。

室友告诉她，她撞了狗屎运，她是被本校最酷最吸睛的学霸刘琛抱着送回来的。说的时候，室友还露出羡慕无比的表情。她们在听她讲述完自己惊心动魄的遭遇后，竟然还在穷追猛打地问：刘琛真的跟你是第一次有交集吗？

穗子极度怀疑这帮室友有没有人性。花痴的女人伤天理，懒得理。

再见面，刘琛已经是坐在她后排温习功课的安静男生了。

每天晚上，学校的自习室里总有零零散散的几个人在坚持学习。穗子是其中之一，不知从何时起，也或者她根本不曾注意，她后面一排坐着一个阳光帅气的大男孩，高高的个子，身上散发着一股肥皂的清香。

她开始每天晚上坚持去自习室，然后在他进教室从自己身边走过去时，抬头瞥向他雪白的运动鞋，那感觉已经让她心神荡漾。

没错，她还找了其他所有可以跟他有交集或者接近他的机会。比如去食堂打饭，她永远挤在人群里，跑到他后面，垂着头，装作没在意似的看着地面，其实又是在瞅他穿的那双白色运动鞋。

学校每逢周五下午都会有男生打篮球，刘琛是篮球主将，球打得跟流川枫似的。穗子每周五下午都要跑到操场的看台上拿起手机偷偷拍他。没人知道她手机相册里存了他多少张照片，连她自己都数不清。

甚至，连手机屏保画面都是他打篮球的身影，那跳起来扣篮的姿势，简直帅呆了！直到后来他们在同一家公司里，已经非常非常熟悉的时候，有次被他发现了这个秘密，他却轻描淡写地问她："什么时候拍的啊？技术不咋样。"

在她不断幻想该以怎样一种恰当的方式表达当初他对自己

的救命之恩时，室友小何终于忍不住了。她一把夺过穗子的手机说：“你不是打听到了他的手机号了吗？那打给他啊！你在这里独自暗恋，他也不知道啊！”

然后开始给他拨号，电话很快就接通了，然后穗子听到小何对刘琛说：“我好姐妹要请你吃饭，嗯，对，就是上次晚上把你撞了的那个妞儿，不不不，我又不暗恋你，她说她要感谢你的救命之恩。那你们两个自己联系吧，这个就是她的手机号。”

穗子被弄得哭笑不得，但最终还是在小何的好心帮助下，终于鼓足勇气，有了人生第一次跟刘琛约会的机会。

3

刘琛爱吃面，穗子特意订了一家重庆面馆里最有特色的面，还有几盘最具特色的小炒。

男神静静地坐在她对面，大口大口地吃面，很兴奋地说：“你不用太客气啦，其实，都过去那么长时间了，我早就忘记了。”

然后又冲伙计说：“服务员，这面太好吃了，你再给我来一份小碗的，我拿走。”

穗子心想：这是自然，我跑遍全城，几乎吃遍了所有的面馆，才好不容易发现这家的。这里距离学校十几里路，不是我如此用心，哪个在校大学生会留意到这儿呢？

她微微一笑，问：“是不是太好吃了，拿走晚上当夜宵啊？”

谁知他一脸认真地说：“拿去给女朋友啊！”

穗子只感觉当头一棒。如同一架横冲直撞的飞机，此时仓促着陆，九死一生。

她尽力控制住自己的不知所措，尽量不在他面前流露出尴尬神色，装作若无其事的样子，善解人意地对他说：“哦，学长，你还真体贴。”

自那以后，他偶尔想吃面的时候会给她发一条短信：你在哪里？能不能帮我捎两份面？

穗子打工的酒吧离学校很远，坐公交车要十几站的路程，距离那家重庆面馆不算远，有大概三站路。自那天以后，她就再也没去那里吃过面。

但每次刘琛发短信说及面，她总是会二话不说就告诉他：我在酒吧，没问题，晚上六点半自修教室见。

有几次是他单独过来的，还有一次，刘琛带着那个女孩一起出现在穗子面前。

她把面递给他，开开心心地笑，装作没心没肺的样子。

但那女孩似乎感应出来了，也不难感觉出来，女人之间总是有些相通的地方吧，只有像刘琛那样的男孩才看不懂她的爱吧。

再后来，那女孩就再也没出现在穗子面前过。每次过来拿完面就匆匆走掉的人，都是刘琛。

穗子对那女孩的印象不是太好，她黑黑的，个子也小，小腿也蛮粗的，还特别爱穿超短裤，留着特别短的短发，说话的声音也粗，不爱笑，脸上的表情给人的感觉很世故，完全没有同龄女孩的清纯感。

穗子不明白刘琛为什么会爱上这样的女孩，在她的印象里，能配得上刘琛的女孩应该是那种文静漂亮、温婉大方的才对。但事实就是如此残酷，她自作多情地为他捏了一把汗。

据说那个女孩家庭条件特别好，父亲是一家集团的老总，非常有钱。她从小就开朗，性子也像个男孩子，是很泼辣很放纵的那种女孩。穗子想，也许是她太放得开，热情似火，才显得如此与众不同，又因此吸引了高帅酷的学霸刘琛吧？

爱情是一个很奇妙的魔法盒，除了当事人，谁都打不开，因为你不知道密码。

4

大学毕业后，穗子听说刘琛跟那个女孩分手了，还是女方甩了他，他有一段时间特别沮丧，于是每天给穗子打电话，约她出来陪他喝酒。

每次穗子都随叫随到。而且，为了追随他，她把已经找到的工作放弃了，冒着违约被罚款的危险也要跟他进同一家公司。所有这些，她都没告诉他。只要能近距离靠近他，每天陪在他身边，她想，终有一天，他会明白她对他的感情的。

人人都说天道酬勤，任何事情都要这么做，才可以成功。也许，感情也会吧。

他常常约她出去游玩、打球，在他的熏染下，她成了一名高尔夫球手，论外行，她是内行的水平。论内行，她也算是个三四线人物。

总之只要能跟他在一起，她就会很快乐。

在公司里，他忙碌的时候，她帮他买饭；他的文件需要整理，她二话不说帮忙弄；他忙不过来的时候，她放下自己手头的工作，顶着被老板骂的风险，也要先帮他完成。

许多时候，他请她到他家吃饭，自然，饭菜都是她来做，他负责美美地享受就行了。刷碗、扫地、倒垃圾、晒被子、洗被单、刷鞋，甚至于拖地这样的事，她也干，他只负责在沙发上慵懒地补个觉。

这样的两个人，怎么看都像是一对情侣，而且是感情甜如蜜的那种。不然，女孩怎么可能会那么甘之如饴地付出，而又看上去如此快活与兴奋呢？

以至后来他住处的小区邻居，每次见到他们都会说：“小刘，你女友又来了啊？”

刘琛只笑笑，说：“我妹妹。”

邻居就笑说：“是呀，现在的年轻人管老婆都开始叫妹妹了，多青春。”

穗子心里每次听别人这么问，都甜甜的。她笑的样子像一朵花，青春又美丽。可是，刘琛似乎从未有所发觉。

工作一年后，有一次，刘琛带着一个女孩过来，对穗子说：“嘿，带你大嫂来见你，以后不用你再帮我做饭打扫卫生啦。”

那个女孩跟上次那个看上去差不多，也是短头发、黑皮肤、矮个子、一脸冷酷状。

穗子终于明白，也许刘琛一直没忘记他前女友吧？又或者，他一直喜欢的都是那一款。她错误地以为那类配不上他的女孩，其实才是他心头的最爱。

有些事情，无论怎样努力，终是扭转不了的。

5

后来沉生便出现了。穷追不舍，每天鲜花，每天送过来一碗面，亲自交到她手里，然后才开车扬长而去。

没错，沉生的父亲就是那家重庆面馆的老板。早在穗子读大学时，她第一次来面馆吃饭，躲在一个角落里看杂志的沉生，就对她一见钟情了。

穗子后来跟他交往后，才回忆起一个细节。那天她急匆匆过来买面，面馆已经打烊了，正准备关门，她恳求那里的一个伙计，再帮她下两碗面，一大一小。

那是她为刘琛及他女友带的，而为她下面的人，却是沉生。

沉生极少给家里打下手，他对开面馆并不感兴趣，他的理想是创建自己的建材公司，他学的是建筑，他想当个有自己兴趣爱好的老板。但他父亲却希望将来生意做大了，他能接班。

他们家的面馆有祖传的秘方，还上过中央电视台的美食节目，一众见多识广的嘉宾吃完后都伸出大拇指赞叹不已，这让他父母尤其欣慰。

几代单传，沉生就这么不情不愿地在面馆里打工了。

后来，每次穗子过去买面，亲自把面递给她的人总是他。而穗子当时一直以为他只是个伙计。

面馆的生意享誉全国后，在当地也越来越受欢迎，以至很快就开了第二家、第三家、第四家，现在，连锁店已经遍布每一个街头了。

沉生也因为穗子爱吃面，干脆放弃了自己创业的想法，踏踏实实地琢磨怎么弄出更多好吃的面来。现在，他成了一名做面的高手，闭上眼睛都能弄出好多花样来。

之后，他们顺理成章地交往了。

从大学到现在，穗子粗粗一算，也有好几年了。这几年，她对刘琛付出，而身边却有一个男孩，对她付出。

机场人员再次询问她，究竟要买几点的票时，穗子忽然说："我不买了。"

然后在转头离开的那一刹那，背后站着的沉生出现在她的视野里。

其实沉生早就知道，他爱的女孩心里一直爱着另一个男人。从她带刘琛到面馆吃面的那次，他就看出来了。

穗子终于忍不住，上前一把抱住了沉生，她说："傻瓜，我不走了，你都不问问我为什么要走。"

沉生说："不用问，你只要记得我永远站在你身后等着你就够了。"

6

有生之年遇到你，

所有悲伤都会过去。

你许我蔚蓝天空，

我天道酬勤奉陪你。

好的婚姻就是
让彼此得寸进尺又各退一步

在这个时节这个年代，你要是不得个忧郁症什么的，
你都不好意思跟朋友打招呼。

电影《失恋33天》中有句台词说得很值得玩味：在这个时节这个年代，你要是不得个忧郁症什么的，你都不好意思跟朋友打招呼。

初听这句话，会让人忍俊不禁，觉得幽默好笑。但深深思索，生活在这年头，不真就是这样吗？

朋友艳艳，是一个非常活泼开朗的女性，扬州人，长得俊俏，一口软语甜腻得让人发晕，她只要一开口，瞬间就有一大堆人用齐刷刷的眼光对准她，怎么都舍不得挪开视线。享受明星般待遇的感觉，对她而言，早就麻木了。

艳艳从小到大都活得精彩。含着金钥匙出生，父亲自己开公司，且搞得很大。母亲是公务员，坐办公室指挥别人的那

种。老公是部队的，正团级干部。儿子读小学六年级，学习好，钢琴弹得好，字写得好，文章也时常被老师当作范文读。丈夫没有母亲，她从嫁过去那天，就没体验过婆媳矛盾带来的烦恼，自己开着小汽车，早晚上下班一路形色从容。在单位，还是一个小小的骨干，会弹钢琴会唱歌会跳舞，玩起来特嗨，参加区里唱歌比赛，轻而易举拿了第一。

论生活，谁都没她称心如意。连孩子都不用操心，自己父母随时抢过去带。业余时间就是做美容，结交各种时尚达人。偶尔心血来潮，跟旁人一起合伙开个小店，卖点化妆品，一不高兴，再干点其他的小买卖。只要不亏本，什么都干，也什么都拿得起，放得下。

津津有味、五彩斑斓，这个世界仿佛就是为她这种人存在的。

但是谁知道，她前段时间得了抑郁症？知道的人，哪个不目瞪口呆？

其实说出来故事也挺简单。比如，她老公爱吃辣，她一口辣椒也吃不下；她爱吃甜食，老公则非常厌恶一切甜腻腻的东西。为了照顾老公，她炒菜会多放几根辣椒，为了照顾她，老公又偷偷往菜里放了一些糖。辣和甜，从来都是两种不可协调的味道，这道菜做出来，可想而知有多么难吃！

她发怒：“你不知道辣的东西不能放糖吗？大热天，白忙活一场！”

他也发飙：“谁知道你今天哪根神经出错，偏偏放了那么多辣椒？我掀开锅盖就倒了一勺进去，我近视眼，没戴眼镜！”

她发怒：“你成天不做饭，天天跟太上皇似的，谁知道你今天哪根筋不对？拜托你别太勤快！”

他发飙：“你这个女人讲理不讲理啊？不需要我伺候，我还懒得伺候人呢！”

一拍两散，各不相让，他回部队住，几个星期不回家。她一赌气，孩子不问了，全权交给父母，自己拉闺密一起泡酒吧。

光怪陆离的社会从来不缺乏暗夜涌动的生物。双眼发光的狼群，一向喜欢美丽绚烂的骄傲公主。她被人看上了！

看上她的人，来头不小，是个煤老板，脖子上、手臂上，全是闪闪发光的金圈子。她看那个人像看被项圈拴住的金毛狮王。然而不屑经不起猛追，他坚持三个月，她缴械投降了。

这三个月里，用她的话说，脾气倔强傲慢的老公，一直没来过一次电话，没回过一次家。

家，对她来说，已经成了一块千年冰封、万年不化的冰天雪地。诸如这样的小吵小闹，时不时在两人身上轮番上演。一次又一次，她感觉累了，她老公也乏了。谁也没学会妥协，谁也不愿意退让。

婚姻一旦成了两个人较劲的主战场，爱情就灰飞烟灭了，童话就变成了禁锢灵魂的枷锁围城，再没有梦，没有感觉，也没有尴尬，没有秘密，进来的人想出去，如同亚当夏娃身下的那片树叶被挪开，万羞都不觉得丑了。

爱情经得起折腾，吵吵闹闹过后，可能迎来的是一片新天地。你会收拾心情，自省反思，尽力迁就，尽全力为对方着想。只想在心爱的人面前，做个称职无比的好恋人。

可婚姻不是，一旦遮羞布被撕，人类的愚蠢、疏离、冷漠、自私、毫不愧怍，都会随着被激怒的状态，失去理智地狂轰滥炸般上演。有时候，正因为知道它的不好，能给对方带来很大的伤害，才越是要将它淋漓尽致地发挥，血淋淋地公开展览，像披着铠甲的斗士，绝不甘心脱衣战败。

于是，旧疮、新愁就一拥而上，那张墙上高高挂着的足以证明曾经沧海的结婚照，如今看来变得惨不忍睹；那曾经海誓山盟的承诺，如今想来，像刀子一样，刀刀伤人，伤人也不见血。

爱情里，人们为对方不断纠正、改变自己；而婚姻里，是撕开了脸，彼此活出最真实的自己。这才是大部分中国人的最真实写照。

原本她爱他，爱的就是他的忠厚老实，不善言谈、不浮夸、不造作、不会甜言蜜语，但贴心、踏实。现在，他所有的优点都变成了木讷、愚笨的缺点，再多看一眼，都觉得倒胃口，就像那盆混杂不堪的饭菜，难以下咽。

原本他爱她，爱的就是她的机灵俏皮、咄咄逼人、小公主似的撒娇野蛮，他觉得可爱、纯真，又调皮美好。现在，她所有的优点都成了不通情理、难以沟通、自以为是、不善解人意，只会得寸进尺。

她偏偏要跟他僵持着，看看到底谁才是真正的胜利者。她不能服输：我把一辈子的青春都交给你了，怀胎十月，孩子也辛苦万分地给你生了。现在呢？你不感激，还来责怪我？说你几句，不懂道歉，还反将一军？良心何在？

他偏偏要跟她僵持着，看看谁才是这个家真正做主的那个人。他不服输：我努力赚钱，不断高升，不停应酬，回到家还好心好意伺候你，你倒好，不懂感激，还大加指责，我赚钱养你、好心为你，我倒错了？岂有此理！

婚姻的拉锯战一旦爆发，最熟悉的人，也最容易成为陌生人。

对外人，别人的一点点殷勤，你会感动，会联想到家里的那个人，婚姻中的所有痛，会做对比，会遗憾，会后悔，会觉得自己少不更事，怎么就嫁给了这么一个人？于是越想越糟糕，什么臭架子、坏脾气，越是亲密的人，越愿意发泄。而对外人，你笑脸相迎，礼貌周到，没有猜忌，没有质疑，没有恼羞成怒，没有吵架占嘴角上的上风。你越是善待别人，别人越是善待你。循环反复，出轨就是必然。

艳艳精神出轨，被人追求的感觉像又回到了初恋，她的心，一下年轻了十几岁。

艳艳因此觉得自己对不住老公，但她又在心里安慰自己：说不定那个身边从来不乏美女追求的人，此时此刻正在外面包二奶，过着逍遥自在的生活。

她越这么想，精神越分裂。一面自责，一面怨恨，一面逃避，一面又不得不在夜深人静时回忆种种前尘往事。

工作本来就是随意玩玩，她不缺钱，又因是家里的独生女，父母宠溺她，朋友又一大堆，一呼百应，工作对她来说可有可无，到最后，她把工作给辞了，她要好好享受一下刺激那个人的生活。

但现在，彻夜不眠成了她生活的主旋律。

她愿意接受那个给她带来新鲜刺激的人，她精神半出轨，可她又无时无刻不在思念那个跟自己针锋相对的人。她真想告诉他，她在接受别人的追求，在试图解体维持了七年的婚姻。她想看看他会如何应付这等状况下的婚姻。

她去找心理医生，人家告诉她，这叫短暂性精神恍惚，间接性忧郁症。问题不大，但心病还需心药医。

医生给了她一个建议。

于是，艳艳做了个大胆的决定。她写了一封匿名信给自己的老公。信上的内容无非是有人想要追求她，她处在矛盾挣扎的状况下。一面是责任，一面是真情；一面是感激，一面是背叛。她想看一看，这个同床共枕的男人会是什么反应。自然，她用的人称是婚外的那个人，姓李的追求方。

信寄出去一周，他悄悄地回来了。

那天艳艳正拎着大包小包的东西从门外进来，一抬头，老公直愣愣地站在门口，盯着她，没有话，眼神有点呆，人又回到了从前。她搞不清他心里想什么，反正好像认识他以来，他就这么一副痴呆状。曾几何时，她心里窃笑，他这样的傻子怎么能干到团长，部队培养出来的人，难道都是机器人吗？

不过她不反感，从始至终她都喜欢。精女人配傻丈夫，天作之合，天偶佳成。

“最近我太忙了，单位要我出差一个月，我考虑了很久，拒绝了。请假一周，回来住。”他慢吞吞地说。

不间断地思念一个人，才会如此全神贯注地焦灼与不安吧？艳艳心里黑暗的牢笼亮起了一根火柴，微光，但明亮。

“干吗不去啊？回家来我又要多个人伺候。”艳艳口是心非，嘴巴刁得很，得理不饶人，无理也不饶人。

“我想好了，我来做家务，你好好休息一阵子。”又是一句软绵绵的话。

艳艳心里窃笑，她跟别人彼此来往也是如此，甜言蜜语收获一箩筐，怎么就感觉是相知不深的陌生人，却独独对这个傻瓜一样的男人，他说每一句话，她都深信不疑。

艳艳耸耸肩，把手里的蔬菜、水果递给他："随便你好了，我当然乐意享受被人照顾。"

儿子跑过来问爸爸："爸爸，你不回家，家里灯前几天坏了，李叔叔过来给修的。还有，我的电脑坏了，他送了我一个新的。"

艳艳死盯着老公，眼睛一眨不眨，心里翻江倒海，竟有些坐立不安。

他会吵吗？他嘴笨，说上三两句就没词了。每次都是这样。她在心底迅速盘算回击他的措辞，以便一击而中，让他无言以对。

可是这次他没吵。他笑着对儿子说："哦？哪个李叔叔？改天叫他来，大家一起吃饭。"

艳艳在心底偷偷把李明朗这个名字删掉了。煤老板又怎样，你有金矿，我有无价的婚姻。

早晨醒来，树上小鸟狂鸣不止，她烦躁不安："你，去把窗户关上！"

他不关，说："那只小鸟很漂亮，有鲜艳的羽毛，动人的歌喉，永远都长不大，死乞白赖地不走——像你一样。”

艳艳扑哧一笑，突然明白，这傻子聪明着呢，他心里明镜似的。她实在斗不过他。

好的婚姻是什么？做你自己，彼此不让，又彼此谦让。

如果一无所有，那就奋力往前冲

在那一瞬间，一个男子愤怒至极的声音，透过车窗，穿过耳膜，
钻进了子衿的大脑，那个声音熟悉无比。
她终于明白，茫茫人海，有缘无分的人，终于还是会一别两宽，再不想念。
什么样的人，结交什么样的朋友，生命总是物以类聚的。
曾经沧海，不过是一无所有之下的幻想跟寄托。
当梦醒时分，勇敢往前冲，人生的拐弯处，会有最美的风景等待着自己。

情事对女人来说，永远比工作还重要。偶尔遇到几个把工作放到第一而完全忽略了爱情跟家庭的女子，马上就会有不少人跳出来，语重心长地对她说：“亲爱的，你摆错了人生最重要事情的顺序，‘女不强大天不容’，那是骗鬼的事情。再强大的女人，她最终的归宿还是要嫁个好男人的不是吗？”

1

参加培训课的老师们，在谈及女性家庭、爱情与事业平衡

的话题时，几乎无一例外都这么说。对于子衿来讲，她早就听得耳朵长茧了。

什么爱情婚姻。早在几年前，子衿就曾对自己说：谁要走，谁走，我绝不苦苦挽留！

2

南极的冰山美吗？太美了！可是有什么用？不可能帮我们扫清生活中一切的烦恼和障碍。

子衿那年跟男友维东一起去南极探险，去之前的情景是这样的：冰是天蓝色，蓝得耀眼。水是透明的，亮得可以当镜子照。人是欢快的，再多的疲惫一秒钟就可以免疫。

但结果是这样的：好，你走，你要走，就再也不要回来！我保证不追你！

钱锺书曾经建议每个想要结婚的青年男女，在结婚之前，一定要结伴进行一次旅行。只有经历过旅行的所有劳累、困惑、迷惘、快乐、矛盾，而又能欢天喜地，还愿意把感情继续下去的人，才能携手相伴一辈子。

这种善意的提醒，对热恋中的人来说，绝对是一个笑话，谁都不会把它当真。但真的面临天天小吵不断的境遇，就会觉得大师说的实在是真理。

那时候风景虽美，湛蓝的大海、美丽的日出日落、成群结队的企鹅、蹦蹦跳跳的海豹、翱翔千里的海鸥，一切望过去都那么辽阔，让人神清气爽。但数日来的疲惫，以及由于对时差的不适应，还有身体条件各方面的影响，让子衿跟维东之间，发生了不可避免的口角。最大的一次争吵，使得两人一拍两散。

没错！他转身离开，偌大的南极，一起旅游的队友们早早回去休息了，只有他们留下看日落，但最后夕阳的余晖下，只剩下她一个孤单的背影。

对子衿而言，那是一辈子无法磨灭的痛楚。没人知道那种滋味于她而言，有多么寂寥与凄楚。

3

大三那年，学生会主席维东代表全校师生到医院探望子衿，她作为贫困生代表，接受学院给予她的五千元贫困助学金。那一年，她的漫画集出版，上了本城各大报刊新闻头条。对人才济济的L大学来讲，出了一个小小的名人，其实谈不上是多大的事情。

子衿被人记住并关怀，绝对是因为她的家庭状况。

她是全校最贫困的那一类学生，从出生就不知道自己的父母是谁，也没见过爷爷奶奶，准确地说，她是被人拐卖后又因为命大偶然碰到了没有孩子于是花钱把她买走的人，才侥幸成为被拐卖儿童大军中的一条漏网之鱼。

但到她读初中一年级时，那对善意的父母却因为一次出差而不幸离开了人间。

这样糟糕的情况，让她再次欲哭无泪，就像读到小学四年级时，还处在懵懵懂懂的年纪时，父母告诉她：“子衿，你不是我们亲生的，但我们会把你当亲生的一样对待。”

那时候，她开始学会自力更生。

维东那次从医院回来，时常做梦梦到子衿浅浅的笑脸，这个女孩给他带来一股清澈无比的感觉，让他情不自禁地走近她。

然而性情淡定、神色从容的女孩子后来独自创业，搞了一次又一次，均以失败结束，让她的性情变得不可捉摸。原本的单纯天真快乐，渐渐被愁云笼罩，时而欢乐，时而兴奋，从最初的兴致勃勃，变成落魄不堪，这让维东逐渐对她产生了厌倦。

离开的借口总是有许多，假如你真的想离开一个人的话。

维东因为子衿想要继续欣赏落日不肯尽早回旅店而发飙，而子衿认为他是有意找碴，两人因为这点小事，将几年的感情彻底打入地狱。

4

从南极回来后，两人好久再没见面，仿佛从未认识过彼此。很久之后的一天傍晚，子衿跟几个好友到茶社去吃饭，在那幽暗氤氲的环境里，她邂逅了摇身一变的维东。

原来，他已经搭上那家茶社老板的千金。那女孩子衿认识，曾经到她的旅行团报名参加过旅行，南极之行那次，她也是去了的。

维东将左手放在墙上，另一只手托着女孩的下巴，以壁咚的姿态忘情地展现两人的暧昧。看那样子，两人已经好许久了吧。

刹那间，子衿有些明白为什么维东会如此决绝地离开自己了。

当初爱他爱到疯狂，海枯石烂也不后悔，如今目睹他跟自己认识的姑娘暗度陈仓，情感上受到重大打击，让子衿开始把所有精力全部放到了工作上。

她用酒精麻醉过自己，用蹦极赌自己的生命，用绝食虐待自己的失意，用登山狂吼发泄内心的郁闷，最后才努力熬过了那要死要活的岁月。

生命中还有比爱情更重要的东西，比如健康，比如梦想，比如坚持不懈的努力。

对子衿来说，什么都没有了，那就勇往直前吧，往前冲，奋力冲，也不失为一件快乐而幸福的事。

5

旅行社关门了，不是无法维持，而是不愿再触景生情。你既无心，我便休，从此相忘于江湖。

子衿小时候家境一般，所以对吃有天然的好感，从本质上说，她也算是吃货一枚。所以，痛定思痛，她决定从吃做起。

拿手好戏总是容易成功的，尽管摆摊卖煎饼，对有些人来说，实在是拉不下面子的一件事。

堂堂一个大学生，曾经的旅行社老板，现在沦落为街头推小车的小贩，不少熟识的人以为她因失恋而疯了。

但子衿无所畏惧，每天早起晚睡、兴致勃勃，几乎所有人都晓得菜煎饼是多么受男女老少喜爱，但是，只有她愿意去做这个买卖。所以，当年终整理钱财的时刻，她发觉自己腰包顿时鼓囊囊的，简直是奔入小康水平的小富婆。

那些风餐雨露、烈日骄阳的日子，她一个人忍受过来了。没有朋友，没有亲人，也没有呐喊和助威，所有的苦，她全部忍受过来了！

一个人把所有的艰难困苦全部品尝遍，就再不会有任何困难难得住自己。

这之后，子衿暂停了小推车式的菜煎饼模式，而是租了一间十几平方米的小房子，正儿八经地做起生意来。店面干净，有无线网，有免费的水和粥，还有墙壁上挂着的大彩电，每天播着不同的相声小品段子，墙壁上写满顾客的心声，一张张小小的彩纸全是温馨祝福，使得这小小的店面，看上去无比浪漫，在吸引老顾客的同时，也源源不断地吸引着新顾客。

而随着店面的生意越来越好，子衿又想起了其他的销售方式，比如外卖上门服务。冬天狂风暴雨，夏季烈日酷暑，有人懒得出门，叫外卖是最好的饮食方式，而一些单位对于外卖的需求量也是惊人。自然，菜煎饼不可能是主餐，所以，做粥成了店里另一门绝活。

子衿请的做粥的师傅是从云南过来的。那时她还在开旅行社，偶然一次去云南玩，在一家小面馆里喝到了一种粥，顿觉神清气爽，好像整夏的疲乏都得以缓解消除了一样，当即问师傅这是什么粥，为什么如此好喝。

师傅回答是荷叶粥，就是用鲜嫩的荷叶洗净切碎，包在纱布里，然后放进糯米和粳米里一起熬，熬好后退火冷却，拌上白糖或蜂蜜就可以了。做法简单，但子衿回去后自己做了好多次，都没有那天喝的效果好。于是果断花重金请师傅过来了。

因为荷叶浑身是宝，有减肥、消肿、降脂的功效，而且味道可口，所以一经推出，立即得到当地许多单位的青睐。虽然是简简单单一碗几块钱的粥，但每天却是供不应求，加上服务态度好，一年下来，子衿小店的生意非常红火，赚得盆钵皆满。

做什么不重要，重要的是，你找准商机。有许多买卖，外表光鲜，不见得收入均衡。从小事做起，就像爱情从头来过，总有雨过天晴的时刻。

6

爱喝粥的人里面有一个组织部的领导，三十七岁，帅气、有才且单身。他是某大学博士生，既在大学兼职做教师，又考上了正式公务员，成为一名领导。因为爱喝粥，所以同子衿不期而遇，相谈甚欢，渐渐地，两人开始了男女朋友式的交往。

两人有个共同的爱好就是骑马。交往半年后，他们相约去内蒙古大草原骑马。驾车自助，一路轮换着驾驶，路上颠簸，加上困意疲乏，彼此之间互相鼓励、关怀，五天的旅程下来，感情非但没有出现裂痕，反而更加浓情似火，越发分不开了。

这恰好的爱情，分明印证了钱锺书先生的殷勤提醒。两人一聊天，才发觉彼此都喜欢看《围城》，喜欢钱锺书的傲然风骨，也羡慕他跟杨绛先生的琴瑟和鸣。两人都有一种惺惺相惜，英雄相见恨晚的激动。

内蒙古的辽阔，骑上白马的王子和公主，无限欢喜地驰骋千里。人与白云栖，月照花影移，红尘如梦醉一场，悠然、随心、随性。

什么样的人，结交什么样的朋友，生命总是物以类聚的。

曾经沧海，不过是一无所有之下的幻想跟寄托。当梦醒时分，勇敢往前冲，人生的拐弯处，会有最美的风景等待着自己。

第五章 永远相信好运会在下一秒

CHAPTER 05

幸福是
一种孤独的等待

如果说，青春是一个人的细水长流，
那么，幸福就是一场孤独而旷日持久的等待。
没有勇往直前的倔强，就没有天长地久的缅怀。
待到步履蹒跚，岁月会对每个人微笑，清浅得不留痕迹。

1

初夏的午后，阳光是橙色调，泛着慵懒。三十二岁的周雯娜一路披荆斩棘，成功签约大型国有控股企业，彼时下午三点半，她在公司的附近租了套一室一厅的房子。

房东老太太热情，指着她说：“这套房子的隔音效果不太好，晚上睡觉最好塞上耳朵。”

周雯娜从外地赶来，一路风尘仆仆，应付两句就跑屋里睡觉去了。这一栽头，次日阳光晒到半山腰，也未感觉出屋子隔音有哪里不好。

实际上是她睡得太沉了。

到了晚上，隔壁轰隆隆的音乐就让她辗转难眠了。硬撑了半小时，忍无可忍，周雯娜敲响了对方的门。

出来的是一个高冷的男人，看上去就像秋日落败的树叶，兀自带着卷起尘沙的萧条。他问她："你找谁？"

周雯娜直截了当说："你们的音乐太吵，关小点，不然我投诉。"

男人冷笑了一声，仿佛见到外星人。从鼻子里哼出声音来，问她："你刚来的吧？"

之后的一周，周雯娜才明白，这里是高校男女同居地。回过神来想想，可不是吗！房租便宜，房子小，刚好足够两个人热情缠绵。周末一群人聚在一起吃个饭、K个歌，再好不过。

几次三番下来，周雯娜实在受不了了。她到公司上班已经足够忙碌，每天早晨七点去，晚上九点多下班——当然，这是她自己给自己的额外规定，一大把年纪了，难得公司没嫌弃，就冲这点，也要拼一拼。因为每晚忙到凌晨，所以在万籁俱寂之时还能听到那吵嚷声，睡眠严重受到影响，周雯娜忍无可忍，终于打电话报警。

这次出来开门的仍旧是上次那个男人，面对警察，倒是非常客气，三言两语道歉，末了还保证下不为例。可是等警察前脚刚走，男人马上发飙："你什么人呢？没有朋友，没有男人是吧？看你也一大把年纪了吧，大婶！少拿自己的孤独妒忌我们的热闹！告诉你，住不惯你最好闪人！”

这一开腔，婆婆妈妈，绵里藏针，听上去叫人好不尴尬！没错，周雯娜一直有被人催婚的烦恼，她是夹着尾巴逃到此处的。数月前，父母以死相逼，非让她嫁给一个她不爱的公务员，她若不依，他们就绝食。周雯娜宁缺毋滥，就算年纪大，也绝不能凑合。

男人霸气侧漏，周雯娜绝不逆来顺受，针尖对麦芒，她甩给他一句话：“你再吵试试！”转身一个箭步，扭头就走。

2

五年前，周雯娜跟初恋许宁伟因误会分手，当时两人都年轻，脾气拧，互不相让，彼此等着对方主动过来道歉，谁知渐渐地误会越来越大，到最后疾风骤雨，一夕之间火速分手。

分手之后她全情投入到工作之中，再也没有儿女情长，在单位埋头苦干，话变少了，笑容没了，同事聚会也不参加了，仿佛在恐慌的岁月中丢失了自己所有的感应细胞。她这一生曾爱得那么执着，却输给了一个性格比她还傲气的男人。有时候她十万分质疑他是不是当真爱过她。

抵死执着，终迈不开前进的步伐。她学会一个人分享回忆，一个人仰望天空，一个人赏花问柳，一个人旅行，一个人自说自话，一个人哭，一个人疯，一个人在楼下乱走，仿佛在寻一只失踪的猫咪。

当时同单元楼的一个江阿姨，据称是年轻时留过学的，说得一口流利的英语。她年轻时爱过一个结了婚的男子，只能做情人，可惜做了整整三十年，最终还是以分手收场。没有赵四小姐的好命，生命到了五六十岁才算明了，断绝来往，至此永不再见，才是跟绝情男人最好的结果。可惜那时她已经有些精神恍惚了。

周雯娜的父母生怕女儿步她的后尘，赶紧托人介绍，一群媒人带来一堆相亲者的照片，从人堆里挑外貌论条件，好不容易找到了一个各方面都满意的男子，她被迫去了一趟他家，发觉他家阳台上挂着一种野藤，茂密如茵，她灵机一动，以此为借口逃之夭夭。

她不能接受太浓密的东西，她有密集恐惧症。后来，这事就不了了之了。

五年来，父母没少操心，但毫无收获。情到浓时以死相逼，她的面容便像极了暗淡的天空。

田赋林是这个时期的温暖手臂，她干到办公室经理的那天，恰好是许宁伟的生日。谁都没注意这个问题，一群人为她庆祝的时刻，她闷头猛喝，直喝得酩酊大醉，胡话说了整夜，他负责送她回去。

理所当然，他成了她的最佳男闺密。

田赋林，公务员一枚，三十五岁，某局局长，年轻有为，长相白净，颇讨人喜欢，做事稳重，谈吐不俗，能审时度势，察言观色，也能统领全局。

在他的穷追猛打下，周雯娜父母很快接受了他，并不间断提供女儿的出入线索，以促成他们的“不期而遇”。

田赋林也没令二老失望，嘴上抹油似的，每次送她回家，都能成功逗乐他们。在父母的恳求下，她试着去跟他相处，有次他们去看电影《杜拉拉升职记》，剧终，他忽然义愤填膺地说：“徐静蕾好像说过，她任何时期都不缺男朋友——哼！”他冷笑了一声：“这个女人——”

自那以后，周雯娜打算不理会他了。有人规定一个女人这辈子必须只能结交一个男朋友吗？如果是对方放弃了自己，那她也要守身如玉一辈子吗？关键不是交男友的数量，而是她得有多么大的勇气去承受每一次失恋带来的悲伤啊！你或许只能看见她的笑脸，但笑脸背后的孤独、失落、伤痛，她会让你看见吗？

所谓青春，只不过是一场缅怀，有浪漫，就要有能力承受孤单。

或许，就是在那个时间段，周雯娜变得愈加孤独却也愈加自强了。

3

公司里，免不了一群女士围在一起乱唠叨，明星八卦市井流氓，都是饭后谈资。周雯娜不合群，永远埋头干活，搏命的老牛未能融入朋友圈，不久就被拉黑了。

她仿佛从未知晓。这半年，身边唯一能聊得上天的人，竟然是房东老太太。

一个多嘴而热情，看似糊涂，又十分清醒的孤单老太太。要不人们总说物以类聚，人以群分呢。

傍晚出来散步，老太太蹲在院子的一处角落里，弯腰和面，一旁的炉子冒着火苗，她准备烙饼。等她回来，旁边的案板上已经堆满几层薄饼，闻上去挺香。旁边是另一个小火炉，正用温水煮着各种青菜。

这样寡淡的生活总算引起了周雯娜的兴趣，她主动蹭了过来，说：“我帮您烧火吧？”

房东老太太就一边擀面，一边同她闲扯着：“我女儿不得了，厉害得紧。她十八岁考上艺术学校，二十二岁出来工作，如今早已经是外地一家电视台的主持人。一个人一直生活在外地，好像从不需要我似的。她手巧，会做各种布包，简简单单几下子，一个个好看实用的背包就出来了。而且她自己开了店，在网上卖，一天能卖出几百只，生意特别好，她的包啊，其实就是在市场上买来了亚麻布，自己动手缝缝剪剪的，也没什么特别之处。换旁人，肯定比她弄得好。”

老太太每每夸完女儿总是长吁一叹：“可惜，就是不爱交际，一有空就一个人待在家里，年纪不小了，看上去跟你差不多大了吧。唉，我就是担心她孤独。”

周雯娜方知天下父母心，古时孟母三迁，慈母手中线，个个催人泪下啊。只不过孤独之于孤独，是一种境界，并不是人们眼里的可怜、凄清，孤独的人愿意享受孤独，只有拥有享受孤独的能力，才能得到超越孤独的幸福。

周雯娜想说什么，心上也明白对着老太太跟自己的父母，其实也解释不清。

多年前，她看过一个女明星刘若英的故事，她对自己的师父陈升，有无限的感恩和崇拜。她在外面受了委屈，第一时间跑到他的工作室，什么都不必说，他摸摸她的头，她心情就会变得很好，然后，轻轻松松离去。

拍电影的时候，别人要她拍一场尺度很大的激情戏，她的性格不许自己那么做。打电话给他，她问：“如果做不来怎么办？”他说：“做不来就回来啊，我这里的大门永远为你敞开。”

他跟她，既像师徒，又像情侣，既像父女，又情同兄妹。后来他赶她走，让她独自去打拼。离开了他的羽翼，她越变越坚强，身边的世界，也越来越广阔。后来，她飞得更高，飞得更远。再后来，别人谈起他，统一变成了“刘若英的师父”。

离开他的那一刻，她是不舍的，眼角含泪。可是，没有心无旁骛的孤单，她就没有后来的成就。

周雯娜把这个故事告诉房东老太太，讲着讲着，忽然哽咽，爱情，也是如此吗？

她不晓得。眼前日薄西山，渐次地拉远了久远的思念。

4

公司中秋佳节搞庆祝大会，大BOSS提议大家包饺子。众所周知，他特别喜欢吃饺子，一日不吃馋得慌。这建议立即令人热血沸腾，沸腾的是，有心的男女开始夜以继日地学习和面、调馅儿、擀皮儿，谁不希望在那天一展身手？

当天的气氛也着实热闹，各路饺子从四面八方飞来，有模有样，千奇百怪。山东产的，广东产的，福建产的，上海产的，真是应有尽有。论大小、模样、口味，伯仲不分。

可是正当大家兴高采烈拿眼角偷瞄大BOSS时，他对着一种荠菜鸡蛋豆皮馅儿的饺子痴心不已，以至整个晚上其他的饺子全部黯然失色。

那饺子大而饱满，一颗颗如同半个手掌那么大，那正是周雯娜包的。

那一晚断断续续地聊天，方才得知大BOSS跟自己是老乡，大伙儿嚷道："老乡见老乡，两眼泪汪汪，老板，你们怎么平静似水？"

从那以后，公司上下所有人，见到周雯娜，胜似亲人，热情似火。搞得她很不自在。从前，她穿紫色的旗袍，玲珑多姿的身段，纤细的腰肢，白皙的皮肤，秀发披肩，仙气飘飘。尽管美不胜收，但人们熟视无睹；可现在，真丝的底色印着牡丹的旗袍已然穿旧了，却有人走过来夸她穿着好看。从前，她不苟言笑，特立独行，有人说她桀骜不驯，盛气凌人；现在，同样的性格，有人夸她个性鲜明，一丝不苟，意志坚定。

从前，就像一朵悲观的花，独自开在悬崖边。如今，这朵花雨露均沾，姹紫嫣红，花团锦簇。

花开总烂漫，只是未到时。幸福如影随形，突如其来，又防不胜防。只是等一朵花开的人，从未预料时机就像随风来。世态，总是千变万化的。

年底的时候，周雯娜已与房东老太太大有相依为命之感。她送房东老太太鸡蛋、鱼肉、豆腐和色拉油。两人围着火炉在寒风中炒菜做饭煮粥，香气扑鼻，随风传千里。

那时常半夜三更唱歌的男人闻香而来，站立半天不开口，抿抿嘴，十分不情愿地转身离开。

周雯娜叫住他：“嘿！那个孤独可怜的人，你女朋友不要你了吧？好久没听到你房间里有吵闹的声音了。你看，孤独的人此刻是可耻的。”

她忍不住笑，见他忽然怒目而视，吼着嗓子问她：“你不也一样？你有男朋友吗？”

那晚，他们在房东老太太窄小逼仄的屋里吃得满头大汗，明明天寒地冻的日子，却觉得温暖如夏。

一晃半年多了，不知不觉就在这样孤独而平淡的岁月中走过来了。没有波澜壮阔，没有辉煌如昨，没有人声鼎沸，没有无微不至，只有一个人。

临放年假的时刻，大BOSS宣布了一个足以振奋周雯娜心扉的好消息，他决定提升她为市场部经理。

厚厚的一摞成绩单平铺在每个人面前时，连周雯娜自己都惊掉了下巴。那些能证明她曾热切努力过的日子，都记载在了早起晚睡的匆忙里。仔细回忆一下，也的确做到了废寝忘食的地步。

夜以继日，原来不过如此。

就像一种幸福，无须大肆宣扬，栽花、泡茶、煮咖啡，平顺稳妥中汲取百态人情，滚滚红尘中深谙平淡是真。

5

过了新年，周雯娜不得不回家，父亲酒醉骑摩托车，一个不留神，油门加大，直蹿了出去，一头撞在了一棵大树上，最终导致左腿粉碎性骨折。

他歪躺在医院的病房里，反复念叨着自己的宝贝女儿，浑身上下布满精疲力竭的虚脱感。生病卧床，他没有多少忍耐力，女儿不回来，他就要了断他们之间所有的关系。

周雯娜明知他说到办不到，但是到底，还是心急如焚地回来了。

父女相见，硬邦邦的语言，没什么温度，她却笑靥如花，开心不已，连窗外的汽车鸣笛声，也不似往常那么刺耳。

父母对她说："这次回来别走了，我们终于明白了，幸福就是在孤独中静静等待来的。小区那个江阿姨，在国外的男人，终于回来找她了！"

他们刚说完这句话时，周雯娜的手机响了。接起来，那个男人用焦灼的声音问她："房东老太太说想你了，让我问问，你什么时候回来？"

周雯娜心里一笑，面上努力隐着那欲扑之而来的笑意，故作镇定地说："关你什么事呀？"

他在电话那头结结巴巴，吼道："别太得寸进尺啊你！惹毛我，试试看我找不找得到你！”

如果说，青春是一个人的细水长流。那么，幸福就是一场孤独而旷日持久的等待。没有一往直前的倔强，就没有天长地久的缅怀。待到步履蹒跚，岁月会对每个人微笑，清浅得不留痕迹。

做一个安静细微的人，你会发现最美总在拐角处

不是所有追求都美好，不是所有美好都宝贵，不是所有宝贵都无价，不是所有无价都易寻。也许，切实地体验每一寸生活后，做一个安静细微的人，于拐角处找寻最宝贵的东西，默默取悦于人，不过分参与热闹，不轻易选择逃跑，拎得清内心，才不会沉浸于悔恨。

1

韦雪拖着行李箱来到北京的那一天，天空飘着鹅毛大雪，整个天幕之下，她像一粒雪，初来乍到就已经融化在了这里。

传说中暗黑至极的城市，她终于来了！

两个月前，她辞了还算稳定的公务员工作，差点被自己的父母暴打一顿。她在半夜三更逃出家门。临出门时，一不留神，被绊倒栽了跟头，头破血流。她父母追出来打，一个坚硬的凳子冲着她后背飞了过来，她痛得直掉眼泪。紧接着，她母亲追了过来，手里拿着一只皮鞋，二话不说朝她脸上给了响亮的一巴掌。她彻底蒙了，眼泪簌簌直流。

她死活不肯再回那个家，纠缠了几下，她仓皇逃跑。

没错，她从小生活在一个十分压抑的家庭里，父母成天吵架，自从记事起，家里就没有半点和睦气氛。她幼小的心灵，长年累月在那种氛围下饱受摧残，别的小朋友感受到的温暖，对她而言都是奢望，她脸上常年没有笑意，冷冰冰的，像生活在北极。

随着时光的流逝，她强迫自己改善对父母的印象，多站在他们的角度考虑问题。每次伤心失落，她总要跑到幽静的公园，对着一湖清水，伫立大半天，好像清澈的河流，真的可以荡涤干净她对他们的怨恨。

岁月沉浸，她变得越来越喜欢跟比自己大的男子交往。但是交往不到一年，那些男人发觉，长相娇小贵气的她，原来不仅没受到半点宠溺，还是个疮痍满目的可怜虫。他们视她如草芥，弃之如敝屣。

但是，这一次，仍旧是一个大她六七岁的男人，要带着她远走他乡。

首都的大门从来都欢迎任何人迈入，无论你是豪绅新贵，还是贫苦大众。她有一个梦想，要在这片陌生的土地上，打拼出一片属于自己的辉煌的天地。

诗和远方总是很美好，无人知晓那背后的万丈深渊。除了他，她没打算向任何人倾吐自己过往的斑驳。

她在一家酒吧打工，弹吉他，唱RAP，还有曲调缓慢的抒情英文歌。最拿手的一首是陈慧琳唱的《Love Paradise》，她时常用这首歌收尾，却唱哭过一些人。

那个男人是《无间道》的狂热影迷，对陈慧琳疯狂地痴迷。也不知是看上了她哪一点，那个男人追得她无力喘气，连请三天假躲避。

跟她一起私奔的男人叫沈博，暂时还没找到工作。他每天步行过来接她下班，两人坐两个小时的公交车，回到租房处已经接近晚上十点。

北京的冬天很冷，每晚回到家，她冻得哆哆嗦嗦，面色铁青，嘴唇发紫。还好，赋闲在家的他，会做好一桌热腾腾的饭菜等她归来，但往往都是豆腐青菜白米饭，她知道男人其实很懒的，也不爱用心，就连在追女孩子这件事上，有许多都是极不主动的。他能如此待她，她已感觉无比幸福。

吃饱喝足，他们坐在窗台上，皎洁的月光下，她肌肤晶莹，如同凝脂。那时候的他就会像一头猛兽，贪婪地吮吸她的每一寸肌肤。

然而拮据的日子维持了大半年，她耳边曾经有力的喘息声再也没有了。

2

她依旧在酒吧唱歌，她的歌唱得越来越好。

忽然有一天，经理问她说："你独自一人在这里，家人担心不担心？"

她凛然一笑，摇头说："人就像雏鸟，长大了总是要飞的。"

经理又问她："那你想不想飞走？飞到一个更高的舞台。"

某台举行唱歌大赛，就是很流行的那种选秀节目。她在经理的陪同下前去参赛，衣服都是他买的。

那次她落选了。回来的路上，又是一场鹅毛大雪。她恨透了雪，也恨透了自己的名字。

她问经理："有没有认识的熟人，我想改一下名字。"

虽然改名可以改运，是个自欺欺人的事情，但是她硬是缠着经理把名字换掉了。请人帮忙，难免觥筹交错，她喝得烂醉如泥。迷糊中，有人开车把她送到酒店，拖到床上，把她的鞋子脱掉，帮她擦了脸、盖上被子，然后关了灯，起身离去。

她在次日早晨收到经理的短信：昨晚睡得还好吧？请人帮忙不容易，有时候必须表达一下诚意。今天你休息吧，醒醒酒，明天再来上班。

她感动得涕泪横流，心里有个声音说，她没白来。

雪字太冷，她改成了暖，谐音微暖，挺好。

也许是阴错阳差，“暖”这个小名让她一夜爆红。忽然有一天，有个男人来酒吧，花十万元请她唱四首歌，台下还有一群人，为她鼓掌欢呼。她如同做梦，不敢置信。就那样，她轻轻松松赚了第一笔钱。

租房的墙壁特别白，白得有点惨淡。屋子里常有潮湿的味道，半夜令人噩梦不断。她时常听到父亲拿皮鞭抽打她的声音，每一次惊醒起身，就只能呆坐到天亮。

记忆中，她八岁那年有一次数学考试没及格，她的父母罚她跪了一天，并且不让她吃一口饭，也不许喝一滴水。她哭着求着，他们置之不理。

从那以后，她知道学习的重要性。她开始发愤刻苦，加上天生聪颖，很快，她的数学成绩成为全班第一，总成绩也不差。

小学毕业，她读了最好的初中。在中学成绩依然优秀，接着又上了大学。毕业后，再一鼓作气考上公务员。每年几百万人觊觎的岗位，几千人竞争的一个位子，她顺利地拿下了。

成就感没让她得意多久，她父母就告诉她，在机关上班，要多长点心眼，那里是一片烟波浩渺的海洋，她必须继续出人头地，否则永远只是一个外表光鲜的打工仔。

她在他们的指导和鼓励下，学会卑躬屈膝地面对领导。她虽没得到提升，但日子过得十分安稳而惬意。没人跟她过不去，至少表面上是一团和气，笑逐颜开。

但后来的一次旅行，眼前是一望无垠的大海，滚滚的潮声，她忽地如梦初醒。

生活是什么？是一个厨房。它里面有水蜜桃，也有洋葱。甜蜜、平顺，看上去美好，有时却容易迷失方向。当一个人连自己是什么样儿都忘得差不多了，她还能发自肺腑地快乐吗？洋葱会让你落泪，但是，它有充足的营养，它会让你健康。

她自小就不是个乖孩子，有人批评她，无论对方是谁，只要她没做错，她总会据理力争，甚至不惜与人吵得面红耳赤。虽然如此，老师、同学们依然对她十分友好，她的生活充满善意。

但工作之后，她要学会察言观色，要伪装自己。每说一句话，她要先经过大脑慎重思考，怕一个不小心，就会陷自己于进退维谷之地。她活得胆战心惊。有许多时候，她并不认同的观点，不愿去做的事情，她也必须学会苟且认同，积极参与。

她觉得很累。这并不是她想要的生活，朝九晚五，按部就班，她像一个活在套子里的人。

只记得有一次，上头的领导来单位视察。电话是前一天打来的，当晚她就被领导安排打扫卫生，整理资料，那晚她忙到十二点。离开单位的时候，领导打电话叮嘱她，明天七点到，争取再打扫一遍。

次日早晨，千呼万唤的领导终于来了，站了不到十分钟，就行色匆匆地走了。

她站在一个角落里，望着满脸堆笑的单位领导，再看看自己手掌因为拖地而磨出的血泡，她呆若木鸡。

这样的生活，看似清闲，实则忙碌。然而她每天都在忙碌什么？有时连她自己也搞不清楚。

思绪拉回来，她开始拼命练歌。家里没有宽带，她用手机离线下载了几百首歌曲，这时候就打开灯，对着手机挨个唱一遍。直到嗓子哑了，起身喝口水，顿一顿，再继续唱。

从天黑到天亮，仿佛就是一秒钟的事情。往往都是时光太匆忙，隔了悲伤。时常是那样，坐在窗前，望着天黑到天亮。太阳升起，她继续奔赴主战场。

沈博在QQ上给她留了言，他问她："北京的天空太污浊，那里不属于我们，你可不可以忘掉梦想，回来看看？"

这个曾鼓动她与家人彻底撕破脸来北漂的男人，待了不到半年，就垂头丧气地走了。临别之时，甚至连个招呼都没有。她把手里的钢笔使劲摁了又摁，恍惚发觉何时写下了一句话：愿你不被辜负，不被欺负。痛击过后，晴朗彩虹。

没有他的陪伴，她依然可以坚强。

永远有人非议你，你记得开心就好

感激生命赋予你的所有非议，感激这些绊脚石，
没有粉身碎骨般的打击，就不会有后来纵身一跃的皆大欢喜。

1

最近一段时间，对洛洛姑娘来说，内心有点波澜起伏。她蓦然发现，无论她做什么，背后总会有人指指点点，哪怕自己觉得已经足够完美，但仍旧是有那么几个人，始终对自己不满意。

洛洛姑娘刚毕业就在一所公立中学做教师。她从小到大的理想就是当一名老师，可以成天跟孩子们打成一片，享受单纯的校园环境。

但她学的不是师范专业，因此在步入这个岗位前，她刻苦用功两个月，才好不容易拿到了教师资格证。

对于她来说，这样的努力是一件很有意义的事，她为自己感到骄傲。所以，当踏入工作岗位的第一天，领导同他们几个新来的老师闲聊，问起教师资格证的问题时，她很欢快地就把这个情况讲了出来。

但之后她去卫生间时，却无意之中听到了几个同事在议论："现在这个社会，不尊重教师的人真是越来越多了，也难怪，那些不是师范专业，对教育一无所知的人，只要随随便便考个证，就可以登堂入室了，真是鱼龙混杂。"

洛洛姑娘初来乍到，不敢发作，憋足气息，等对方洗完手，从容地谈笑风生着走出去，才如犯了法一样，蹑手蹑脚地走出来。她可能还不知道，其实人家一直知道她在。

这还是比较含蓄的讽刺挖苦。有一种人更是直截了当。她去图书馆借书，里面两个老师正在闲聊，见她进来，随口问了句："教师资格证好考吗？听说现在很多大学生都在考这个，有一些还报了辅导班。我侄女也想考。"

洛洛姑娘诚实回答："现在的大学生毕业去向分三种情况，一种考研，一种考公务员，还有一种就是考教师资格证。而最后一种占绝大多数。所以，竞争还是比较激烈的。"

旁边的一个年纪轻轻的女老师问她："你考证看书复习了多长时间？"

洛洛姑娘说："两个月，把书看了三遍。"

然后，这位年纪轻轻的女老师毫不客气地说道：“啊？三遍啊！谁看三遍不能考上？”

表情和语言夸张得令人尴尬，洛洛姑娘真想找个地方赶紧躲藏起来。她天性不爱与人争论，涨红了脸，落荒而逃。

2

洛洛姑娘名牌大学毕业，成绩优秀，堪称学霸，大二那年就入了党，履历表上荣誉万千。学校相当重视，虽然她初入社会，但学校仍很信任她，安排她带毕业班。

洛洛姑娘感激不尽，表示会竭尽所能把孩子们带好。她出色的教学能力，平易近人而又让人如沐春风般的待人处事之道，让班上的孩子很快就喜欢上了她。孩子们爱她，自然也乐意上她的课，兴趣是最好的老师，师生完美配合，一个学期下来，她所带的班级，轻轻松松拿了全年级第一。不仅如此，学校各项运动比赛，也都名列前茅。而取得如此骄人的成绩，洛洛姑娘很多时候感觉自己并没有耗费多少精力，几乎全是班干部及全班同学自觉努力、团结奋进的结果。

洛洛姑娘成了全校师生最关注的老师，有喜欢她的孩子给她取了一个亲昵的外号，叫“洋娃娃”，她个子中等，长相清秀，留一头清爽的短发，浑身散发浓浓的书卷气息，笑起来嘴角有两个浅浅的酒窝，实在是太可爱了。

学期结束，局里领导下达了一个学生评选最受欢迎教师的公开投票活动，学校的大操场上，众目睽睽之下，洛洛姑娘以票数第一，稳获殊荣。

开心无比的她，在一堆学生欢天喜地的簇拥下，以差点跌跤的姿势走上领奖台，台下是热烈无比、持久不断的掌声。

洛洛姑娘的教学生涯顺当得一发不可收拾。一年下来，所带班级战无不胜。她班上的每个孩子，甚至于家长，个个对其称许有加，每天都有不同的家长和孩子同她聊知心话，给她打电话，像熟稔无比的亲人。有一次，她在半路上电动车没电了，她下车推了没几步，前后左右就涌现出一堆家长要帮她忙，还要亲自送她回家。

然而，无论家长跟孩子多么喜欢她，感激她，学校里总有一些老师始终不能接纳她，不仅如此，还组团孤立她。

别班的孩子，经常出现追逐打闹，打架斗殴的现象，洛洛姑娘所带班级却一团和气，相亲相爱，欢天喜地。

然而，尽管洛洛姑娘如此优秀，年度的教师评选大会上，“优秀班主任”“最佳教学能手”“优秀骨干教师”等荣誉，个个没有她。

因为洛洛姑娘的得票数非但不是很多，甚至还排到了倒数。

同事对洛洛的成就不以为然，对她的缺陷却“刮目相看”。他们在领导那里告她状，说她特立独行，不合群。寡不敌众，洛洛姑娘且战且退，且沉默且辞职。

3

辞职了的洛洛姑娘，由于教学能力声名远播，很快就受聘于一所更高级的学校。她继续用自己兢兢业业的精神忘我地工作，与众不同的教学风格，令她很快成为校园里一道独树一帜的亮丽风景线。

这所学校的领导非常喜欢她，面试那天，他们听她聊过在那所学校的相关经历。他们问洛洛姑娘：“当时付出没有得到应有的回报，是不是很沮丧？被人非议的时刻，是不是很不开心？”

洛洛姑娘坦诚道：“那种情况下，沮丧是有那么一点点的，可是过后想一想，金无足赤，人无完人，谁背后不被人非议呢？能被人非议的人，至少说明还很优秀，不然，谁会浪费自己的时间跟精力，去非议一个与自己毫不相关的人呢？所以，还是凡事往好了看，让生活随心随意，开心最好。”

洛洛的发言让几位领导在心底默默认可，能在受人排挤的情况下，还努力维持心情愉悦的人，一定是问心无愧而豁然开朗的人。毕竟在这个社会上，故事皆纯净，生活皆狗血，各式各样的打击不罕见，但淡定自如的恬淡不见得时时有。

新的环境下，洛洛姑娘依然我行我素，喜欢的事情坚持到底，不爱的事情，弃之如敝屣。从上学时期，她就不爱晚间出门，室友出去K歌、吃宵夜，她从来不参加，早早就爬上床睡觉。现在工作了，她依然不改本色。

办公室主任安排的周末庆祝K歌加聚餐活动，她交了一百块钱，但拒绝参加。同事们认为她拿钱侮辱他们，满脸不悦，把钱扔给了她。她从地上捡起钱，不要就算了，她何必勉强自己做不喜欢的事情呢？

每年的六月，上级会下达一份捐助贫困生的文件。因为是硬性规定，党员一百，非党员五十，年年如是，让许多人厌烦不已。但这时候的洛洛姑娘却慷慨解囊，她主动捐了五百元，把一个月的生活费全部贡献给了那些未曾谋面的孩子。

后来，有人问她，许多款项来龙去脉，其实大家都迷雾重重，何故还要执着地忘我奉献？万一被骗怎么办？

她说，不相信善信行为，人就会举步不前。只有选择相信，才能推进爱心撒满人间。也许她做的是错的，但是只要许多人都愿意去做这错的，那么错的迟早就会变成对的。

于是有人背后讥笑她傻、想当然、不现实。她听后呵呵一

笑，你心里住着什么，你就会看到什么。

人的境界不就是自己创造的?

太年轻的人，有人会看不起他的稚嫩；太优秀的人，有人会妒忌他的出类拔萃；太有个性的人，有人会自动远离，以避免相形见绌。有时候，不是我们做得不够好，是世界对我们太苛刻；不是我们不坚强，是生活由不得我们太软弱；不是我们想逃避，是有些东西没必要孤军奋战；不是我们太脆弱，是不愿意以牙还牙降低自己的格局；你对世界怎样，世界就会对你怎样。你非议别人，同样，你也会被别人非议。世界是圆的，你给予它什么，它就会回馈你什么。快乐其实很简单，你自己做主就好。

人生来就是要交际的，交际就是要有勇气去承担非议。形形色色的人如同珍珠玛瑙翡翠玉，或真或伪。你必须要练就一双孙悟空的火眼金睛。没有孙行者的眼，哪能历遍九九八十一难，不经历命中注定的劫难，又怎能见到风雨过后的彩虹?

只要不是故步自封的人，任何人都会受到深浅不一的非议。

著名演员陈坤在成名前，也遭受到无数非议。有人对他说：你这样子能行吗?算了吧，放弃吧，你不可能成功的。

面对旁人的冷眼，他的态度却是感激。

感激生命赋予你的所有非议，感激这些绊脚石，没有它粉身碎骨般的打击，就不会有后来纵身一跃的皆大欢喜。

是的，我们看到，陈坤后来火了，成为一线男星，帅到无法无天。他修禅礼佛，徒步而行，发动“行走的力量”，带领六千多万全国人民以行动助慈善。他还在影视剧方面，取得了不俗的成绩。他主演的电影《寻龙诀》，获得了13亿不俗的票房成绩。

但即使这样，仍然有少数人拿讥讽的语气形容他：不过是一个浑身散发铜臭气味的戏子而已。

你看，无论是谁，成功或失败，平凡或著名，总是要经历被非议的宿命，这就是命，谁都逃不掉，所以，平淡面对，开心就好。

用你的好
影响那个你爱的人

还没生娃，就拥有成千上万的儿女，江滨跟江小童相视一笑，甚为满足。
做功德无量的事情，就会拥有无上荣誉的快活。
以天下为己任，达天下为公之境地，从此一生不再孤单。
爱是相互感染的，用你的好影响那个你爱的人。

1

江滨跟江小童分手的理由是：谁叫你也姓江啊？拉你出去，别人以为我勾搭自己亲妹妹呢！

自然，江小童被他当着许多人面儿这么说，转脸气哼哼走了。

走了几步又拐回来，她善解人意地说：“你是不是遇到了什么麻烦事？告诉我，我陪你渡过难关。”

江滨怎么可能告诉她，自己喜新厌旧，喜欢上另外一个女孩子？而且那个叫江慧慧的女孩是他上周才认识的。

谁叫江慧慧是千金大小姐，而江小童是一介平民呢？怪就怪同样都姓江，江小童没江慧慧好命。这都是天意。

江小童哭了很久之后总算平复过来，江滨对她说的最后一句话竟然是：“你知道我对你从来没打算长久的。”

原来从一开始，他就只是在玩弄她。

江小童彻底死心了。

2

彻底死心的好处是，江小童对江滨再也不抱任何希望了。你死你活，全跟我没有半毛钱关系！从此以后，你走你的阳关道，我过我的独木桥，大道两旁，各走各道。

伯父打来电话问江小童，要不要一起出差去欧洲。他私人出钱，带领一帮亲戚跟员工，还有几个书画界的朋友，所有人目前都调整好时间，随时候命出发了。现在就看江小童去不去了。

江小童想也没想就答应了。这欧洲之行来得真是时候，恰好可以治愈她的失恋。

江小童的伯父比她父亲大五岁，但她父亲没那么好命，几年前就因心脏病去世了。临走的时候，千叮万嘱，希望有朝一日能将江小童过继给她伯父，正好他家缺个女儿。

江小童知道伯父虽然喜欢她，但他老婆不喜欢自己。其实也能理解，他们明明有两个聪明可爱的儿子，要她做女儿干吗？

江小童一直不主动提这个事，每次伯父暗示，当着伯母的面儿，她都假装听不懂，并不回应。时间长了，伯父以为她不肯，就再也不提了。

但江小童有任何事都会主动告诉他，比如她想攒钱开个小店，自己做老板；比如她欠了别人五千块，自己打工一个月就把钱还了；比如她每周出去放生，中午在寺庙里吃素斋，吃得津津有味，还拍下照片用微信发给他。

最近几天，她没有以前那么啰嗦，销声匿迹了。伯父猜测她心情不好，了解江小童的人都知道，她外表开朗，但内心脆弱。每次心里难过，就会默不作声，直到自己消化完所有苦闷，才会重新出现在众人面前。

尽管电话里江小童汇报说自己很好，只是最近忙了点，但伯父一下就听出她的声音里带着哽咽。

这次欧洲之行原本计划里并没有江小童，但他还是特意加了她。江小童自然不知道，临出国之前，一直活在极度的兴奋状态里。

直到那天去机场，人声鼎沸的喧闹声里，伯母带着一张苦瓜脸质问自己的丈夫："叫你不要带她来，看看现在几点了，到现在还没到。害我们所有人在这里苦等，马上就要误班机了！一点时间观念都没有的人，不明白你看中她什么！你也不欠你弟弟什么，对他女儿也够好的了，她总不能一辈子都指望你吧？而且还迟到，真是没礼貌！”

江小童也不明白，为什么那么吵的环境，她的耳朵却像装了窃听器似的，听得一清二楚不说，连伯母语调里的不厌烦，都听得万分清晰。

这样的心情下，她完全没办法再跟他们去了。于是打了电话，谎称自己堵车严重，跟不上他们这班机了，这次欧洲之行就算了。

伯父还在电话里急急地问她：“你在哪里？我派司机接你去。”

直到江小童假装电话没电，挂了机，伯父焦灼的声音才淹没在人海里。

人海之中遇到你，也算是个奇迹。

一转身，江小童看到了江滨，他被一个女子扇了响亮的一巴掌，还用高跟鞋狠狠踢了他腹部，然后头也不回地走了。

那一刻，江小童觉得那女子真是巾帼英雄，实在是替她出了一口气。但是，她马上就心疼地跑过去，望着蹲在地上的江滨问：“你没事吧？”

3

江滨当众出丑，并且是在江小童面前，他为了那骄傲的江慧慧把江小童甩了，现在没几天，他被江慧慧狠甩的场面却让她撞个正着。

江滨别提多懊恼了！

“关你什么事呀？江小童我告诉你，别在我面前装好人，你想笑我出糗是吧？尽管来，我才不怕你笑呢！”江滨气急之下连忙说。

江小童真想朝他吐唾沫，她以前是眼瞎了吗？怎么会看上这种货色？她真想抬手给他一巴掌，说：别把老娘看得跟你们一样低级！但还是努力克制住了。

其实她怎么不知道江滨是为了什么跟她分手的？正因为这个，所以她才很快就释怀了。

那个江慧慧家里是有钱，但是再有钱，也只是伯父家的儿媳妇罢了，对外扛着一面金光闪闪的大旗帜，骗骗江滨这样的外人还可以，骗她江小童就是命犯天敌。

再说，伯父的儿子只是打算跟她订婚，八字还没一撇呢。以她的风格，肯定过不了伯父的眼，等着瞧吧。

江小童唯一没看懂的是，为什么江滨说不爱她就不爱她了，而且分手理由都那么蹩脚。

不过现在，她真庆幸他离开她。

江小童没跟着去欧洲，伯父心里别提有多么过意不去。恰逢回国那日是江小童弟弟的生日，触目伤怀，赶紧要补偿给她。他问江小童："你最喜欢什么？我叫人给你送过去。"

江小童望着一堆照片上的东西，五味杂陈。虽然没能同行，但为躲避性格强势的伯母，江小童还是决定曲线救己，她说："伯父，我什么礼物都不要，我只想跟您借钱，借至少二十万。"

二十万对做古董生意的伯父来讲，简直不值一提。她听见伯父急不可待地问她："二十万，够不够？"

4

跟伯父几年东奔西走，不了解古董，不会分辨真假，那肯定是不可能的事。

江小童就像考古专家一样威武，只要她过目的东西，百分百是有年代的好东西。她一双鉴宝的慧眼，在业界早就传为美谈了。因此她还帮伯父赚了不少钱。有一次在鉴宝拍卖大会上，她独具慧根，帮伯父淘了一块璞玉，秦汉时期只有贵族身上才配得起的那种。

自那以后，江小童对伯父的古董生意了如指掌，有什么好宝贝，伯父都会第一个通知她过去瞧瞧，并且每逢出差淘货，伯父总会带上她。就因为这样，伯母不乐意，因为她两个儿子，对古董完全不懂，他们只会用各种甜言蜜语讨好自己的父亲。伯母对她有疑心，江小童心里是明白的，所以她并不怪伯母。

江小童二十五岁生日那天，伯父特意送给她一件价值连城的宝贝，这个东西如果卖掉，足够她花两辈子了。伯父说，这是他给女儿的见面礼。

他们都心知肚明，再没提认女儿这件事，但私下里，他们以父女相称，已备感珍贵。

江小童自然不舍得卖，她拿它当镇店之宝。

江滨怎么也没有想到，京城一家古董店里竟赫然出现了和一面墙一样大的江小童的画像，他是被那种庞大华丽的店面设计所吸引的，不知不觉踏入此地，竟然一发不可收拾，他差点悔青了肠子。

什么叫知人知面不知心？什么叫狗眼看人低？这一刻，江滨终于悔到无地自容了！

上前询问，果不其然，江小童就是这家古董店的老板！而且这家店投资上百万！

江滨是夹着尾巴灰溜溜逃跑的。过了好多天，他编的道歉短信都没脸发出去。

半年后，江小童成了电视新闻的常客，差不多在京城东区这个地方，不认识江小童的人几乎没有。她每天都会把自己打扮得十分得体，面对媒体时，回答总是收放自如，笑容恬淡，优雅而知性，让观看她的人自惭形秽。

之后，江小童做了一个大型公益活动，她亲自出马，开车自驾前往贵州贫困地区。她把家里成堆的衣服和鞋子以及日常用品，外加矿泉水等，全部拉过去赠给当地留守儿童。她每一次行动都有媒体跟踪报道，而这种看似夸张的行为背后，却带动了一个又一个富有爱心的热血青年。不少人通过报道了解了江小童的亲身实践，许多人开始跟随她，这样日复一日，江小童最初的爱心行为，逐渐演变成巨大的公益团队，很快，她又成立了另一家公司，名为“有爱公益”。江滨也偷偷地加入了这个团队。

用爱感染，以爱为名，传播爱心，是江小童觉得最快乐的一件事。她注意到了报名的人里，有一个叫江滨的人，那个傻瓜，他终于来了！

5

五年之后，江滨成了团队里捐助物资和金钱最多的一个人。每次捐助之后，他就会消失几日，以免被江小童注意到。

但是他的小算盘，江小童了如指掌。

公益团队后来民主投票选一位副团长，以此协助江小童的工作，在众目睽睽下，江滨被推上台，当他站到江小童面前时，既羞赧，又兴奋，他终于可以有点自尊地站在她面前了。

江小童假装没认出来，客客气气跟他讲了好几句感谢的话后，才呈恍然大悟状，问："江滨，是你啊？"

江滨挠头，满脸愧意，说："受你影响，实在荣幸。"

6

熬过了七年之痒，八年抗战，后来两人在认识第十年第十个月第十天的日子里，举办了一场别开生面的"十年之约"大型婚礼。为他们庆贺婚礼的人，是全国各地被他们帮助过的儿童。孩子们争先恐后地喊他们爸爸妈妈。

还没生娃，就拥有成千上万的儿女，江滨跟江小童相视一笑，甚为满足。

做功德无量的事情，就会拥有无上荣誉的快活。

以天下为己任，达天下为公之境地，从此一生不再孤单。

爱是相互感染的，用你的好影响那个你爱的人。

图书在版编目（CIP）数据

专注做一事，专心爱一人 / 张绛著. —南京：江苏凤凰文艺出版社，2017.1

ISBN 978-7-5399-9828-2

Ⅰ.①专… Ⅱ.①张… Ⅲ. ①散文集－中国－当代 Ⅳ.①I267

中国版本图书馆CIP数据核字（2016）第295575号

书　　名	**专注做一事，专心爱一人**
作　　者	张　绛
出版统筹	黄小初　侯　开
选题策划	杨　琴　易　超
责任编辑	姚　丽
装帧设计	千　千
责任监制	刘　巍　江伟明
出版发行	凤凰出版传媒股份有限公司 江苏凤凰文艺出版社
出版社地址	南京市中央路165号，邮编：210009
出版社网址	http://www.jswenyi.com
经　　销	凤凰出版传媒股份有限公司
印　　刷	北京市平谷县早立印刷厂
开　　本	880×1230毫米　1/32
字　　数	120千字
印　　张	8
版　　次	2017年1月第1版，2017年1月第1次印刷
标准书号	ISBN 978-7-5399-9828-2
定　　价	36.00元

影视版权抢订热线　13911704013

江苏文艺版图书凡印刷、装订错误可随时向承印厂调换